海色《うみいろ》ダイアリー
スペシャル・
ピンナップ4p《ページ》つき♪

海色ダイアリー

～五つ子アイドルと、結亜のはじめてのステージ！～

みゆ・作
加々見絵里・絵

集英社みらい文庫

もくじ
contents

海《うみ》に桜《さくら》が降《ふ》る頃《ころ》、私《わたし》は一《ひと》つ大人《おとな》になる。
誕生日《たんじょうび》はいつもうれしくて、どこか切《せつ》ないの。
いつもの砂浜《すなはま》、青《あお》い海《うみ》、空《そら》。
波《なみ》が去《さ》った後《あと》には、ちがう私《わたし》がいるのかな。
聞《き》こえる波音《なみおと》は、どこかのだれかの心臓《しんぞう》の音《おと》みたいだ。
大好《だいす》きな四季《しき》は駆《か》けめぐる。
まるで、君《きみ》への想《おも》いみたいに目《め》まぐるしく、好《す》きの気持《きも》ちが変化《へんか》する。
星空《ほしぞら》、銀河《ぎんが》、そして迎《むか》える透明《とうめい》な青空《あおぞら》。
一日《にち》が巡《めぐ》るたび、私《わたし》は昨日《きのう》の私《わたし》より強《つよ》くなれるんだ。
だって、となりには君《きみ》がいる。

この海《うみ》と君《きみ》だけは、ずっと一緒《いっしょ》だといいのにな。

登《とう》場《じょう》人《じん》物《ぶつ》紹《しょう》介《かい》
characters
FUTABA
ISSEI
YUA
一星《いっせい》
長男《ちょうなん》
二葉《ふたば》
次男《じなん》
結亜《ゆあ》
クールで成績優秀《せいせきゆうしゅう》。将来《しょうらい》の夢《ゆめ》は医者《いしゃ》か弁護士《べんごし》。【橘兄弟《たちばなきょうだい》】の一人《ひとり》。
スポーツ万能《ばんのう》。いつも笑顔《えがお》。フレンドリーで弟思《おとうとおも》いの長男《ちょうなん》。サーフィンにハマってる。
中《ちゅう》1。家《いえ》は下宿屋《げしゅくや》さん。双子《ふたご》のアイドルユニット【橘兄弟《たちばなきょうだい》】の大《だい》ファン。
莉奈《りな》
雑誌《ざっし》『cream soda《クリームソーダ》』の読者《どくしゃ》モデル。イジワル。
絢香《あやか》
お金持《かねも》ちで美人《びじん》の女王様《じょおうさま》。モデル仲間《なかま》。
加恋《かれん》
雑誌《ざっし》『cream soda《クリームソーダ》』の人気専属《にんきせんぞく》モデル。中《ちゅう》1。一星《いっせい》に告白《こくはく》して!?

3
MITSUKI
三月《みつき》
三男《さんなん》
お母《かあ》さんの死《し》を引《ひ》きずって、不登校《ふとうこう》だったが…? ゲーム、音楽好《おんがくず》き。
4
SHIKI
四季《しき》
四男《よんなん》
家事《かじ》が得意《とくい》なおっとり王子《おうじ》タイプ。オシャレも好《す》き。優《やさ》しい。【橘兄弟《たちばなきょうだい》】の一人《ひとり》。
5
ITSUKA
五河《いつか》
末《すえ》っ子
甘《あま》えん坊《ぼう》の可愛《かわい》い末《すえ》っ子。コミュ力《りょく》高《たか》い。サッカーが大好《だいす》き!
徳川《とくがわ》さん
雑誌《ざっし》『cream soda《クリーム　ソーダ》』の副編集長《ふくへんしゅうちょう》。なんだか怖《こわ》い?
立冬《りと》
同期《どうき》のモデルの一人《ひとり》。四季《しき》に憧《あこが》れている?
苺《いちご》
アイドルの美少女《びしょうじょ》。中《ちゅう》1。二葉《ふたば》に片想《かたおも》い。

あらすじ

Story

私《わたし》、夏目結亜《なつめゆあ》。中《ちゅう》1だよ。
私《わたし》の家《いえ》は海《うみ》のそばの
下宿屋《げしゅくや》さんなんだけど、
新《あたら》しい下宿人《げしゅくにん》は、なんと憧《あこが》れの
アイドルユニット【橘兄弟《たちばなきょうだい》】!
しかも、双子《ふたご》と思《おも》ってたら、
五《いつ》つ子《ご》で!?

五《いつ》つ子《ご》が同《おな》じ中学《ちゅうがく》に
転入《てんにゅう》してきてから、
学校《がっこう》は大騒《おおさわ》ぎ！
となりの家《いえ》に
下宿《げしゅく》している
五《いつ》つ子《ご》のお世話《せわ》を
手伝《てつだ》わなくちゃならないから、
毎日《まいにち》ドキドキしすぎなの！
雑誌《ざっし》『cream soda《クリーム ソーダ》』新人《しんじん》モデルの私《わたし》は、
同期《どうき》モデルと一緒《いっしょ》に、人気《にんき》アイドルの
苺《いちご》ちゃんとユニットを組《く》むことに!?
でも、元々《もともと》は普通《ふつう》の女《おんな》の子《こ》だから、
泣《な》きたくなるくらい、ダメダメで!??
四季《しき》くんは
「できるよ。見守《みまも》ってる」と
応援《おうえん》してくれるけど？
実《じつ》は私《わたし》の誕生日《たんじょうび》は
はじめてのステージの日《ひ》！
大《だい》・大《だい》ピンチ!??
あなたはだれが好《す》き？
つづきは小説《しょうせつ》を読《よ》んでね♪

1 結亜《ゆあ》がアイドル!?

お昼休《ひるやす》み。

空《あ》き教室《きょうしつ》でお弁当《べんとう》を食《た》べていたら、突然《とつぜん》スマホが鳴《な》りだした。

『あなたたち、新人《しんじん》モデルの同期組《どうきぐみ》「Mon《モン》・STAR《スター》」と「あみゅれっと」の苺《いちご》ちゃんでアイドルユニットを組《く》む企画《きかく》が出《で》ているの。やってみない？』

「ええっ!?」

いきなりの徳川副編集長《とくがわふくへんしゅうちょう》からの連絡《れんらく》に、驚《おどろ》いてしまった。

大人気《だいにんき》ファッション雑誌《ざっし》『cream《クリーム》 soda《ソーダ》』の副編集長《ふくへんしゅうちょう》をしている徳川《とくがわ》さんは、厳《きび》しい人《ひと》だけど、私《わたし》は大好《だいす》きなんだよ。

『もちろん、歌《うた》やダンスの経験《けいけん》は、アイドルに劣《おと》るから、苺《いちご》ちゃんをセンターにする予定《よてい》だけれど、これはチャンスよ。あなた、人気《にんき》が出《で》たら「cream《クリーム》 soda《ソーダ》」の看板《かんばん》モデルになれるかもしれないわよ、どう？』

「それは……」

『硝子《しょうこ》のように、表紙《ひょうし》を飾《かざ》ってみたくない？』

『cream《クリーム》 soda《ソーダ》』の表紙《ひょうし》モデルになるのは、私《わたし》の夢《ゆめ》だ。

なれないまま、卒業《そつぎょう》するモデルもいるくらい、表紙《ひょうし》になるのは大変《たいへん》なんだ。

けど、あの苺《いちご》ちゃんと、そして同期組《どうきぐみ》のすごい女《おんな》の子《こ》たちと、私《わたし》はアイドルをやっていけるの？

しかも、あの小悪魔《こあくま》な苺《いちご》ちゃんとコラボユニット!?

やっていける自信《じしん》がないよぉ！

私《わたし》、夏目結亜《なつめゆあ》。

中学《ちゅうがく》一年生《ねんせい》の十三歳《さい》だよ。

海《うみ》の近《ちか》くの街《まち》に住《す》んでいて、ママは下宿屋《げしゅくや》さんをしているんだ。

私《わたし》が小《ちい》さい頃《ころ》にパパを事故《じこ》で亡《な》くしてから、ママは女手《おんなで》一《ひと》つで私《わたし》を育《そだ》ててくれているの。

ママは体《からだ》が弱《よわ》いんだ。だから、私《わたし》もたくさんお手伝《てつだ》いをしているんだよ。

そんな私《わたし》の生活《せいかつ》が、ある日《ひ》、ガラリと変《か》わってしまったの！

なんと、憧《あこが》れのアイドル【橘兄弟《たちばなきょうだい》】が、うちの下宿屋《げしゅくや》さんに引《ひ》っ越《こ》してきたんだ。

【橘兄弟《たちばなきょうだい》】は双子《ふたご》のアイドルユニットで、とても人気《にんき》があるの。

大好《だいす》きな【橘兄弟《たちばなきょうだい》】が、となりに引《ひ》っ越《こ》してきたなんて、今《いま》でも夢《ゆめ》みたいだよ。

でも、【橘兄弟《たちばなきょうだい》】には秘密《ひみつ》があったんだ。

なんと、双子《ふたご》じゃなくて五《いつ》つ子《ご》だったの！

五《いつ》つ子《ご》たちは一卵性《いちらんせい》だから、外見《がいけん》がそっくりなんだよね。

両親《りょうしん》がいない五《いつ》つ子《ご》は、自分《じぶん》たちでお金《かね》を稼《かせ》いでいるんだよ。

これはナイショなんだけど、ときどき入《い》れかわって芸能《げいのう》のお仕事《しごと》をしているみたいなんだ。

五《いつ》つ子《ご》が引《ひ》っ越《こ》してきてから、平凡《へいぼん》だった私《わたし》の生活《せいかつ》はキラキラ輝《かがや》きだしたの……。

「結亜《ゆあ》、どうしたの？」

徳川副編集長《とくがわふくへんしゅうちょう》から連絡《れんらく》をもらって、目《め》の前《まえ》のお弁当《べんとう》を食《た》べるのを忘《わす》れるくらい、ボーッとしていた。

一緒《いっしょ》にお弁当《べんとう》を食《た》べていた絢香《あやか》ちゃんが、心配《しんぱい》そうに私《わたし》を見《み》つめている。

「絢香《あやか》ちゃーん！『cream soda《クリームソーダ》』の徳川《とくがわ》さんから、連絡《れんらく》がきたの！」

「ああ。もしかして、コラボ企画《きかく》の話《はなし》を考《かんが》えていたの？」

芹沢絢香《せりざわあやか》ちゃんは私《わたし》の同級生《どうきゅうせい》で、学校《がっこう》の女王様的《じょおうさまてき》な存在《そんざい》だ。

私《わたし》と同《おな》じ大人気《だいにんき》ファッション雑誌《ざっし》『cream soda《クリームソーダ》』の新人《しんじん》モデルで、同期《どうき》グループ『Mon．STAR《モンスター》』の一人《ひとり》でもあるんだよ。

「私《わたし》のところにも、休《やす》み時間《じかん》に連絡《れんらく》がきたわよ。私《わたし》たち、同期組《どうきぐみ》『Mon．STAR《モンスター》』と、アイドルグループ『あみゅれっと』の苺《いちご》とでアイドルユニットを組《く》む企画《きかく》よね」

「そうそれっ!!　春《はる》の『cream soda《クリームソーダ》』のイベントでアイドルやるなんて、無理《むり》すぎるよぉ」

思《おも》わず不安《ふあん》から声《こえ》を大《おお》きくする私《わたし》に、絢香《あやか》ちゃんがクスッとかわいらしく笑《わら》った。

「そうね。大変《たいへん》そうだけど、なかなかできない経験《けいけん》だし、やりがいはあるわよ。それに、今回《こんかい》で人気《にんき》が出《で》たら『cream soda《クリームソーダ》』の表紙《ひょうし》を飾《かざ》れるチャンスにつながるって、徳川副編集長《とくがわふくへんしゅうちょう》に言《い》われなかった？」

絢香《あやか》ちゃんの切《き》れ長《なが》の瞳《ひとみ》が、星《ほし》のようにキラキラきらめいている。

「それは……」

大好《だいす》きな絢香《あやか》ちゃんたちと、表紙《ひょうし》を飾《かざ》ってみたい。

けど、それ以上《いじょう》にアイドルなんて私《わたし》にできるか不安《ふあん》すぎる！

「アイドルなんて、本当《ほんとう》に私《わたし》なんかにやれるのかな……？」

今《いま》まで、モデルの仕事《しごと》はなんとかこなしてきたけれど、アイドルみたいに歌《うた》ったり踊《おど》ったりはしたことないから不安《ふあん》だ。

〝踊《おど》ってみた〟の動画《どうが》に出《で》たり、カラオケにいったりするのは大好《だいす》きだけど、本格的《ほんかくてき》にやるのとはまたちがうよね。

アイドルは好《す》きだけど、やるとなると素人同然《しろうとどうぜん》の私《わたし》が、苺《いちご》ちゃんや実力《じつりょく》がある同期《どうき》のみんなと同《おな》じくらいできるはずがない。

「ふふ、そうね。しかも、あのくせの強《つよ》い苺《いちご》とコラボなんて不安《ふあん》しかないわね」

「それー！」

「だけど、私《わたし》はおもしろそうだと思《おも》ってるわ。『Mon.STAR《モンスター》』のみんなと一緒《いっしょ》に、

苺《いちご》とコラボなんてワクワクするじゃない」

「絢香《あやか》ちゃん、強《つよ》すぎるっ！」

絢香《あやか》ちゃんは小《ちい》さい頃《ころ》からバレエを習《なら》っているだけあって、ダンスがとてもうまいんだ。

同期組《どうきぐみ》のグループ『Mon・STAR《モンスター》』には、元《もと》キッズモデルの立冬《りと》ちゃんや、大人気《だいにんき》インフルエンサーのゆゆんちゃんなど、頼《たよ》りになる仲間《なかま》がいるの。

問題《もんだい》は、なんの取《と》り柄《え》もない私《わたし》なんだよね⁉

お弁当《べんとう》を片付《かたづ》けながら、絢香《あやか》ちゃんが私《わたし》に品《ひん》よく笑《わら》いかけた。

「そんなに心配《しんぱい》しないでよ。楽《たの》しみましょう」

長《なが》いまつ毛《げ》に午後《ごご》の光《ひかり》が当《あ》たって、キラリと光《ひか》って見《み》えた。

「この前《まえ》、『あみゅれっと』のライブを一緒《いっしょ》に見《み》たとき、思《おも》ったの。あんな風《ふう》にファンの子《こ》たちを喜《よろこ》ばせることができたらなって」

「わかる！　苺《いちご》ちゃん、すごかったよね！」

たしかに、ライブでの苺《いちご》ちゃんの輝《かがや》きはすごかった。

浜崎苺《はまさきいちご》ちゃんは、話題《わだい》のアイドルグループ『あみゅれっと』の最年少《さいねんしょう》でセンターを任《まか》されている、すごい女の子《おんなこ》なんだ。

身長《しんちょう》が低《ひく》くてかわいい苺《いちご》ちゃんは、ライブ会場《かいじょう》を縦横無尽《じゅうおうむじん》に駆《か》けめぐり、せいいっぱいファンの子《こ》たちに笑顔《えがお》を向《む》けていた。

そしてなにより驚《おどろ》いたのは、苺《いちご》ちゃんが端《はし》っこにいても、目《め》が惹《ひ》きつけられたことだ。

どこにいても、苺《いちご》ちゃんがはなつ輝《かがや》きから目《め》が離《はな》せなかった。

私《わたし》にも、あんな輝《かがや》きがあればなあ。


放課後《ほうかご》、絢香《あやか》ちゃんと『cream soda《クリームソーダ》』編集部《へんしゅうぶ》のスタジオに向《む》かうと、そこには苺《いちご》ちゃんと『Mon．STAR《モンスター》』のみんなが集《あつ》まっていた。

私《わたし》の同期《どうき》のモデルグループには『Mon．STAR《モンスター》』というグループ名《めい》がついている。

英語《えいご》で月《つき》と星《ほし》って意味《いみ》なんだけど、読《よ》み方《かた》が「モンスター」になっていておもしろい。

月《つき》と星《ほし》のように輝《かがや》いて、モンスターのように底知《そこし》れない不思議《ふしぎ》な魅力《みりょく》を持《も》った、エネルギッシュなという意味《いみ》から名付《なづ》けられているんだよ。

メンバーは、小《ちい》さい頃《ころ》から有名《ゆうめい》な美少女《びしょうじょ》コンテストで優勝経験《ゆうしょうけいけん》がある、芹沢絢香《せりざわあやか》ちゃん。

有名《ゆうめい》インフルエンサーのゆゆんちゃんこと、悠木由依《ゆうきゆい》ちゃん。

元大人気《もとだいにんき》キッズモデルの、黒江立冬《くろえりと》ちゃん。

私《わたし》は『Ｍｏｎ・ＳＴＡＲ《モンスター》』のみんなが大好《だいす》きだ。大好《だいす》きだからこそ、私《わたし》もそれに相応《ふさわ》しいメンバーでありたいって思《おも》うんだ。

「春《はる》のイベントまで、後少《あとすこ》しの日数《にっすう》しかないわ。それまでに、このプログラムを完璧《かんぺき》にこなせるようにしてね」

徳川副編集長《とくがわふくへんしゅうちょう》から、イベントの資料《しりょう》を渡《わた》される。

「わー！　すっごい練習量《れんしゅうりょう》！」

「でも、やりがいはあるわ」

「さすが絢香《あやか》！　私《わたし》も負《ま》けてられないなっ！」

前向《まえむ》きな絢香《あやか》ちゃんに感化《かんか》されたのか、負《ま》けず嫌《ぎら》いのゆゆんちゃんがやる気《き》を出《だ》していた。

「歌《うた》、ですか」

立冬《りと》ちゃんが困《こま》ったように、もらった資料《しりょう》の中《なか》に入《はい》っていた楽譜《がくふ》を見《み》ながらデモ音源《おんげん》をスマホで聴《き》いている。

「かわいい曲《きょく》。『pop《ポップ》 candy《キャンディ》 pink《ピンク》 moon《ムーン》』……わ！　作詞作曲《さくしさっきょく》、『あみゅれっと』の有名曲《ゆうめいきょく》を作《つく》ってる220《だぶるぜろ》さんだ！」

さすが流行《りゅうこう》に敏感《びんかん》なゆゆんちゃんだ。

言《い》われてみたら、私《わたし》も知《し》ってる有名《ゆうめい》な人《ひと》だった。

「ダンスもあるー！　あ、でもこの振《ふ》りカッコいい！」

私《わたし》もスマホで確認《かくにん》したけど、振付師《ふりつけし》さんとダンサーさんがそれぞれに、私《わたし》たちのイメージカラーのT《ティー》シャツを着《き》て、わかりやすく踊《おど》ってくれていた。

私《わたし》が水色《みずいろ》、絢香《あやか》ちゃんが赤色《あかいろ》、ゆゆんちゃんがラベンダーで、立冬《りと》ちゃんがピンク色《いろ》だ。

「あはは！　テンションあがってきたー！　もう歌《うた》っちゃおっと」

曲《きょく》を聴《き》いたゆゆんちゃんが、歌詞《かし》を見《み》ながら突然歌《とつぜんうた》いだした。

「感情《かんじょう》をスイーツにしたらさあ♫　〝うれしい〟は黄色《きいろ》の星形《ほしがた》ドロップ♪」

つられて、立冬《りと》ちゃんも参加《さんか》しだした。

「「あなたを好《す》きな気持《きも》ちは　飲《の》みこめないね♪」」

そして、まさかの絢香《あやか》ちゃんまで歌《うた》いだした。

なら、私《わたし》も！

歌《うた》うのは大好《だいす》きだし、なにより『Mon《モン》・STAR《スター》』と苺《いちご》ちゃんのコラボ曲《きょく》だ。

もしかしたら、もう二度《にど》と曲《きょく》をもらえる機会《きかい》なんてないかもしれない。

そう思《おも》うと、この曲《きょく》が愛《いと》しく思《おも》えてきた。

みんなも同《おな》じ気持《きも》ちだったら、うれしいな。

だって、全員《ぜんいん》とてもうれしそうにしているから。

サビくらいなら、初《はじ》めて聴《き》いた私《わたし》でも歌《うた》えそうだ。

「「「〝大好《だいす》き〟の味《あじ》は苦《にが》いの！♫」」」

きゃー！　と四人《よにん》で抱《だ》きしめあう。

「かわいい曲《きょく》だね。歌《うた》うの苦手《にがて》だけど、この曲《きょく》は繰《く》りかえしが多《おお》いから、私《わたし》でもなんとかなりそう！」

期待《きたい》にほおを赤《あか》らめた立冬《りと》ちゃんが、ニコニコしている。

「メンバーそれぞれのパート割《わ》りもうれしい〜！」

「苺《いちご》ちゃんのソロパート『ラメ入《い》りのピンクのいちご味《あじ》が』なんだね。ぴったり！」

それぞれソロパートが振《ふ》りわけられていて、この歌詞《かし》は私《わたし》のイメージなのかな？　って思《おも》えてきて楽《たの》しい。

「これ、片想《かたおも》いソングじゃない？」

「ラップのところむずかしそ〜！」

スタジオの椅子《いす》にみんなで座《すわ》って、改《あらた》めて歌詞《かし》を読《よ》みこむ。

『感情《かんじょう》をスイーツにしたらさあ
〝うれしい〟は黄色《きいろ》の星形《ほしがた》ドロップ
〝悲《かな》しい〟は涙《なみだ》の形《かたち》　ブルーロリポップ
〝嫉妬《しっと》〟は紫《むらさき》の葡萄《ぶどう》キャンディ

あなたを好《す》きな気持《きも》ちは　飲《の》みこめないね
溶《と》けないね　もういやんなるね
〝大好《だいす》き〟の味《あじ》は苦《にが》いの！

この気持《きも》ちは有毒《ゆうどく》？　それともサプリ？
わからないまま　ソーダに混《ま》ぜてしゅわしゅわ
かけた通話《つうわ》　既読《きどく》のつかないメール
もう嫌《きら》いなのに大好《だいす》き　ハート形《がた》のドロップ粉々《こなごな》
ねえ　もうガラスビンに詰《つ》めたんだよ
君《きみ》への気持《きも》ちのキャンディ　歪《いびつ》でかわいくてキュートなの！
ラメ入《い》りのピンクのいちご味《あじ》が　一番好《いちばんす》きだったのにさあ』

改《あらた》めて、ポップでかわいい曲《きょく》！
220《だぶるぜろ》さんは、私《わたし》の好《す》きな音《おと》ゲーの曲《きょく》も手掛《てが》けてるくらい有名《ゆうめい》なアーティストだ。

「でも、イベントまでに、歌《うた》と振《ふ》りをおぼえなきゃならないって、不安《ふあん》だな」

喜《よろこ》びながらも、立冬《りと》ちゃんがため息《いき》をついた。

その気持《きも》ち、すごくよくわかる！

イベントには『cream soda《クリームソーダ》』のモデルはもちろん、アーティストやアイドルも参加《さんか》するんだ。

前《まえ》に、新人《しんじん》モデルとしてお披露目《ひろめ》されたときのイベントの春《はる》バージョンだと思《おも》うと、めちゃくちゃ緊張《きんちょう》する！

「実《じつ》は、ドラマの主役《しゅやく》が決《き》まったの」

「えっ!?　さすが、立冬《りと》ちゃんだね」

立冬《りと》ちゃんはキッズモデル出身《しゅっしん》で、子役《こやく》もやってたから演技《えんぎ》もうまいんだ。

「だから、スケジュールの合間《あいま》に練習《れんしゅう》しなきゃだし、不安《ふあん》で……相手《あいて》は、あの【橘兄弟《たちばなきょうだい》】の四季《しき》くんだし、緊張《きんちょう》してるんだあ」

「えっ!?」

立冬《りと》ちゃんのドラマに四季《しき》くんも出《で》るんだ……。

「私《わたし》、四季《しき》くんの大《だい》ファンだから、彼氏役《かれしやく》だし、ドキドキしてるの」

立冬《りと》ちゃんはほおを染《そ》めながら、恥《は》ずかしそうにしている。

「そ、そうなの？」

「うん！　四季《しき》くんが初《はじ》めて出《で》た映画《えいが》『風《かぜ》を待《ま》つ駅《えき》』を見《み》て、大好《だいす》きになったの……」

立冬《りと》ちゃんが、まさか四季《しき》くん推《お》しだなんて思《おも》わなかった。

「結亜《ゆあ》ちゃんは、四季《しき》くんと仲良《なかよ》しだからうらやましいよ」

「そ、そんなこと……」

「共演《きょうえん》するから、四季《しき》くんについて教《おし》えてほしいな！　四季《しき》くんって、どんな性格《せいかく》をしているの？」

「優《やさ》しいよ。……優《やさ》しくて努力家《どりょくか》なんだ。あと、お料理《りょうり》が得意《とくい》なんだよ」

「へええ！　あのまんまなんだね！」

立冬《りと》ちゃんが、私《わたし》の言葉《ことば》に感激《かんげき》している。立冬《りと》ちゃんは芸能人《げいのうじん》で美少女《びしょうじょ》で有名人《ゆうめいじん》だ。

そんな立冬《りと》ちゃんが、四季《しき》くんのとなりに立《た》ったらピッタリな気《き》がする。

「結亜《ゆあ》、どうしたの？　不安《ふあん》そうな顔《かお》して」

ぽんと背中《せなか》をたたいてくれたのは、絢香《あやか》ちゃんだった。

「そりゃ、不安《ふあん》にもなるよ！　アイドル活動《かつどう》なんてしたことないもん。ね、結亜《ゆあ》ちゃん」

「う、うん」

立冬《りと》ちゃんの言葉《ことば》に、思《おも》わずうなずいた。

「みんな初《はじ》めてのことだもん、一緒《いっしょ》に頑張《がんば》ろうね！」

ゆゆんちゃんも、笑顔《えがお》で励《はげ》ましてくれた。

前《まえ》のイベントでも、立冬《りと》ちゃんがピンチのとき、みんなで支《ささ》えあって頑張《がんば》ったもん。

(四季《しき》くんかあ……)

【橘兄弟《たちばなきょうだい》】の一人《ひとり》でもある橘四季《たちばなしき》くんは、五《いつ》つ子《ご》の四男《よんなん》で、優《やさ》しくて料理《りょうり》が趣味《しゅみ》なんだ。

私《わたし》はもともと四季《しき》くんのファンで、今《いま》も推《お》しなんだ。

イベントの参加《さんか》メンバーに【橘兄弟《たちばなきょうだい》】の名前《なまえ》があったから、すごくうれしい。

少《すこ》しでも成長《せいちょう》した私《わたし》を、四季《しき》くんとファンの子《こ》たちに見《み》てもらいたいな。

実《じつ》は、イベントのある四月二日《がつふつか》って、なんと私《わたし》の誕生日《たんじょうび》なんだよね。

去年《きょねん》までは、幼稚園《ようちえん》の頃《ころ》から仲良《なかよ》しのもちこたちが祝《いわ》ってくれてたんだけど、今年《ことし》はそんなことないよね……。

幼馴染《おさななじ》みのもちこには、私《わたし》がモデルになったことがきっかけで嫌《きら》われてしまったんだ。

私《わたし》がナイショでモデルオーディションを受《う》けたことが原因《げんいん》で、今《いま》では口《くち》もきいてくれない。

「はあ〜」

誕生日《たんじょうび》は楽《たの》しいもののはずなのに、つらいって感《かん》じるなんて思《おも》いもよらなかった。

でも、『cream soda《クリームソーダ》』の春《はる》のイベントの日付《ひづけ》が誕生日《たんじょうび》なんて、これって運命《うんめい》かも!?

「よし！　やるぞ！」

私《わたし》がやる気《き》を出《だ》しているのは、同期《どうき》の仲間《なかま》がいるからなんだ。

大切《たいせつ》だし大好《だいす》きだから、頑張《がんば》りたい気持《きも》ちが強《つよ》いんだ。

「今《いま》から歌《うた》とダンスのレッスンよ。集中《しゅうちゅう》して」

「「「はいっ！」」」

徳川副編集長《とくがわふくへんしゅうちょう》に注意《ちゅうい》されて、みんな慌《あわ》ててレッスンの準備《じゅんび》をする。

どこかにいてくれる、私《わたし》のファンに会《あ》えるといいな。
アイドルユニットなんて生《う》まれて初《はじ》めてで、本当《ほんとう》は怖《こわ》くて仕方《しかた》ない。でも、そのために
も、頑張《がんば》らなきゃね！

2 ダンスレッスン！

「そろそろ桜《さくら》が咲《さ》きそうだね」

「ほんとだ。桜《さくら》の蕾《つぼみ》がふくらんでるね」

海沿《うみぞ》いの道《みち》は、桜並木《さくらなみき》になっているんだ。

春《はる》の海《うみ》の青《あお》と、桜《さくら》のピンクのコントラストが、すごく美《うつく》しいんだ。

「咲《さ》いたらお花見《はなみ》しようねえ。海辺《うみべ》の桜《さくら》のお花見《はなみ》、とてもきれいなんだよ」

「へえ、見《み》てみたいな」

桜《さくら》が開花《かいか》する前《まえ》のさわやかな朝《あさ》の通学路《つうがくろ》を、四季《しき》くんと二人《ふたり》で歩《ある》く。

「昔《むかし》はね、誕生日《たんじょうび》のお祝《いわ》いと兼《か》ねてお花見《はなみ》をしたり……」

「誕生日《たんじょうび》？」

桜《さくら》の花《はな》が満開《まんかい》になる頃《ころ》と同《おな》じ時期《じき》に、私《わたし》の誕生日《たんじょうび》が来《く》るから、つい口《くち》に出《だ》してしまった。

『cream《クリーム》 soda《ソーダ》』の春《はる》のイベントの日付《ひづけ》が誕生日《たんじょうび》なんて、優《やさ》しい四季《しき》くんが聞《き》いたら無理《むり》して祝《いわ》ってくれそうだ。

四季《しき》くんと二葉《ふたば》くんは【橘兄弟《たちばなきょうだい》】で、今回《こんかい》のイベントの参加者《さんかしゃ》なんだ。

だから、私《わたし》の誕生日《たんじょうび》よりも、大事《だいじ》なイベントに集中《しゅうちゅう》してほしい。

「ううん、なんでもないの！　お花見《はなみ》しようね」

「そうだね。ふふ、お花見《はなみ》なんて、いつぶりだろう」

懐《なつ》かしそうに、四季《しき》くんが切《き》れ長《なが》の美《うつく》しい目《め》を細《ほそ》めた。

「ぼくが住《す》んでた場所《ばしょ》は、お花見《はなみ》をするのに激戦区《げきせんく》だったから、いい場所《ばしょ》は取《と》り合《あ》いになるんだ。だから、朝早《あさはや》くから父《とう》さんや一星兄《いっせいにい》さんが場所取《ばしょと》りをしにいったり、ぼくと母《かあ》さんはお弁当《べんとう》を前《まえ》の晩《ばん》から仕込《しこ》んだり……準備《じゅんび》を含《ふく》めて楽《たの》しかったなあ」

「えっ!?　都会《とかい》ってそうなの？」

「うん。自然《しぜん》が少《すく》ないからね。でも、わくわくしたよ。そのせいかな、桜《さくら》には幸《しあわ》せのイメージがあるんだ。だから、大好《だいす》き」

もう戻《もど》らない日《ひ》を思《おも》いだしている四季《しき》くんは、どこか悲《かな》しげだけど愛《いと》おしそうにほほえんだ。

その笑顔《えがお》がきれいすぎて、四季《しき》くんには申《もう》し訳《わけ》ないけどときめいてしまった。

きれいな人《ひと》は、悲《かな》しみも美《うつく》しく見《み》えるんだなあ。

「イベント終《お》わったら、お花見《はなみ》しようね」

「うん！」

イベントで四季《しき》くんに、いいところを見《み》せたいなあ。

「四季《しき》と結亜《ゆあ》じゃん！」

「なになに？　お花見《はなみ》って聞《き》こえてきたー！」

「お花見《はなみ》をするのか？」

「おもしろそうだな」

後《うし》ろから、五《いつ》つ子《ご》の兄弟《きょうだい》たちが走《はし》ってきた。

「花見《はなみ》するなら団子《だんご》食《た》べたい！　三色団子《さんしょくだんご》！」

お団子《だんご》の提案《ていあん》をしてきたのは、橘一星《たちばないっせい》くん。

一星《いっせい》くんは、五《いつ》つ子《ご》の長男《ちょうなん》で、いつも元気《げんき》いっぱいで頼《たよ》れるお兄《にい》ちゃんなんだ。

スポーツが得意《とくい》で、今《いま》はサーフィンにハマッてるみたい。

「お前《まえ》は、花見《はなみ》より食《く》い気《け》だな」

「だって、花見《はなみ》って言《い》ったら団子《だんご》にお弁当《べんとう》だろ？　母《かあ》さんが作《つく》ってくれたやつ」

「ああ……」

一星《いっせい》くんのとなりで腕組《うでぐ》みしているのは、次男《じなん》の橘二葉《たちばなふたば》くんだ。

二葉《ふたば》くんは【橘兄弟《たちばなきょうだい》】の一人《ひとり》でもあるんだよ。

メガネがトレードマークの二葉《ふたば》くんはしっかり者《もの》で、両親《りょうしん》のいない五《いつ》つ子《ご》のお金《かね》の管理《かんり》もしてるの。

「母《かあ》さんの花見弁当《はなみべんとう》、懐《なつ》かしいな……」

春《はる》の海《うみ》をぼんやりとながめながら、ぽつりとつぶやいたのは橘三月《たちばなみつき》くんだ。

五《いつ》つ子《ご》の三男《さんなん》の三月《みつき》くんは、クールでゲームがすごくうまいんだ。趣味《しゅみ》で作曲《さっきょく》もしてるんだよ。

「ふふ、今度《こんど》ぼくが作《つく》ろうか？」

「ほんと？　わあ！　ボク食《た》べたい！」

四季《しき》くんのとなりではしゃいでるのは、末《すえ》っ子《こ》の橘五河《たちばないつか》くんだ。

太陽《たいよう》のように明《あか》るい五河《いつか》くんは、みんなのかわいい末《すえ》っ子《こ》で癒《い》やしなんだよ。

サッカーが大好《だいす》きで、将来《しょうらい》はサッカー選手《せんしゅ》になるのが夢《ゆめ》なんだって。

「それじゃ、桜《さくら》が咲《さ》いたらみんなでお花見《はなみ》しようか！」

きっと、みんなでお花見《はなみ》をしたら絶対楽《ぜったいたの》しい。

「桜《さくら》ってここではいつくらいに咲《さ》くんだ？」

「んー。『cream soda《クリームソーダ》』のイベントの前《まえ》あたりかな？」

「なら、苺《いちご》ちゃんも呼《よ》ぼうぜ！」

「呼《よ》ばなくていい」

「二葉《ふたば》の妹分《いもうとぶん》だろ？」

「うるさい！」

照《て》れているのか、二葉《ふたば》くんが顔《かお》をまっ赤《か》にして否定《ひてい》する。

苺《いちご》ちゃんは、二葉《ふたば》くんの地元《じもと》の友《とも》だちで、結婚《けっこん》したいと思《おも》ってるくらい二葉《ふたば》くんのことが大好《だいす》きなんだ。

『cream soda《クリームソーダ》』の春《はる》のイベント、それからみんなの大切《たいせつ》な家族《かぞく》の思《おも》い出《で》のお花見《はなみ》。

私《わたし》の誕生日《たんじょうび》なんて、ますます言《い》いだせなくなってしまった。


今日《きょう》は初《はじ》めてのダンスレッスンだ。

苺《いちご》ちゃんも加《くわ》わって、合同練習《ごうどうれんしゅう》が始《はじ》まった。

ダンススタジオは壁《かべ》が全部鏡《ぜんぶかがみ》になっていて、いやでも自分《じぶん》の姿《すがた》が映《うつ》った。

「ダンスレッスンを担当《たんとう》する円《まどか》です。よろしくね」

円先生《まどかせんせい》は、きれいで元気《げんき》なお姉《ねえ》さんって感《かん》じで、チラ見《み》えする腹筋《ふっきん》が割《わ》れていてカッコよかった。

「わ！『あみゅれっと』の振付師《ふりつけし》さんですよね!? 私《わたし》、『KATAOMO《カタオモ》！』の振《ふ》り大好《だいす》きで、完《かん》コピしたことあります！」

ゆゆんちゃんが、円先生《まどかせんせい》を見《み》て大興奮《だいこうふん》している。

大人気《だいにんき》アイドルの振《ふ》り付《つ》けをしてるってことは、すごい人《ひと》なんだろうなあ。

「ほんと⁉ うれしいなあ。今回《こんかい》の『pop candy pink moon《ポップキャンディピンクムーン》』も、すごくかわいい振《ふ》りにしたから、みんな頑張《がんば》っておぼえてねー！」

事前《じぜん》にもらった動画《どうが》のダンスは、たしかにとてもかわいかった。

素人《しろうと》の私《わたし》でも踊《おど》れるくらいの難易度《なんいど》なのに、見栄《みば》えがいいすてきな振《ふ》りだった。

配置《はいち》をわかりやすくするために、T《ティー》シャツはみんな色《いろ》ちがいのおそろいを着《き》ているんだ。

下《した》にはいているのは、私《わたし》はジャージだけど、立冬《りと》ちゃんはチュール付《つ》きのレギンスで、とてもキュートだ。そんなかわいい練習着《れんしゅうぎ》あるんだ⁉

ゆゆんちゃんはショーパンに、ニーハイのレッグウォーマーで、絢香《あやか》ちゃんは上品《じょうひん》なトレンカで、長《なが》い足《あし》をさらに美《うつく》しく見《み》せていた。

苺《いちご》ちゃんはスウェットのワイドパンツで、T《ティー》シャツを短《みじか》く切《き》っているから、細《ほそ》いウエストが際立《きわだ》っていた。

み、みんなオシャレすぎる！

私《わたし》だけ冴《さ》えないジャージなのが、すごく恥《は》ずかしい……。

「結亜《ゆあ》、どうしたの？　暗《くら》い顔《かお》して。まさか、振《ふ》りおぼえてきてないの？」

「ちがうちがう！　えっと……みんな練習着《れんしゅうぎ》すごくオシャレなのに、私《わたし》だけジャージなの、恥《は》ずかしくて」

うつむく私《わたし》に、絢香《あやか》ちゃんがくすっと笑《わら》った。

「なんだ、そんなこと？　ジャージだっていいじゃない。かわいいわよ？」

「でも……」

「なら、こうすれば？」

絢香《あやか》ちゃんがしゃがんで、私《わたし》のジャージの片足《かたあし》のすそをまくった。

「ほら、いい感《かん》じよ。ヒップホップのダンサーさんがよくやってるわ」

「わあ」

「結亜《ゆあ》は足首《あしくび》が細《ほそ》いから際立《きわだ》つし、足《あし》が長《なが》く見《み》えてすてきよ」

さすが絢香《あやか》ちゃんだ。オシャレのこと、なんでも知《し》ってるなあ。

「ほら、練習《れんしゅう》がはじまるわよ。いきましょう」

「うん！」

絢香《あやか》ちゃんにつれられて、自分《じぶん》の配置《はいち》につく。

床《ゆか》にはテープで印《しるし》がつけられているから、立《た》ち位置《いち》がわかりやすくなっている。

「それじゃ、初《はじ》めは流《なが》してやるよー！　事前《じぜん》に練習《れんしゅう》してきたと思《おも》うから、通《とお》しで見《み》せてねー！　まちがえていいから止《と》まらないで」

元気《げんき》がいい弾《はず》むような声《こえ》で、円先生《まどかせんせい》が指示《しじ》を出《だ》してくれる。


曲《きょく》が流《なが》れだし、みんなでダンスを合《あ》わせる。

センターは苺《いちご》ちゃんで、私《わたし》はその右《みぎ》どなりだ。

（わ、当《あ》たりそう……）

アイドルダンスだから、いろんなジャンルが交《ま》ざっているんだけど、特《とく》にヴォーグダンスという、手《て》を大《おお》きく動《うご》かすダンスパートが、まわりに迷惑《めいわく》をかけないかヒヤヒヤしてしまう。

しかも、私《わたし》は前《まえ》の列《れつ》だから、みんなの様子《ようす》が全然《ぜんぜん》わからない。

（む、むずかしいけど、まちがえていいって言《い》ったから大丈夫《だいじょうぶ》だよね……？）

途中《とちゅう》、止《と》まることが何度《なんど》かあったけど、なんとか最後《さいご》まで踊《おど》りきる。

「みんな、初《はじ》めてにしてはよくできていたわ！」

円先生《まどかせんせい》がほめてくれた。

「立冬《りと》ちゃんは息《いき》があがって苦《くる》しそうだから、体力作《たいりょくづく》りが必要《ひつよう》だね」

「は、はい……！」

はあはあと荒《あら》い呼吸《こきゅう》を繰《く》りかえしている立冬《りと》ちゃんは、たしかにつらそうだ。

「苺《いちご》は完璧《かんぺき》。言《い》うことないね！」

「とーぜんっ！」

ふふんと、胸《むね》をそらす苺《いちご》ちゃんはさすがだなあ。

「ゆゆんちゃん、あなたいいね！　楽《たの》しそうで見《み》てても楽《たの》しいよ！　アイドル向《む》きだね！」

「ありがとうございますっ！　わーいわーい！」

跳《と》びあがって喜《よろこ》ぶゆゆんちゃんは、たしかにアイドルだってやれそうだ。

「そして、絢香《あやか》ちゃん。ほんとすごかったよ！　まだ十三歳《さい》なのに、技術力《ぎじゅつりょく》ときれいな動《うご》きとセクシーさが素晴《すば》らしい！　なにかやってたの？」

「あ、バレエを……」

「なるほどね！　華《はな》やかでしなやかで、自分《じぶん》の色《いろ》を持《も》っているね」

「ありがとうございます！」

絢香《あやか》ちゃんの配置《はいち》は、私《わたし》の後《うし》ろなんだ。どんな風《ふう》に踊《おど》っていたか見《み》たかったなあ。

「結亜《ゆあ》さんは……一番《いちばん》できてなかったね。もっと頑張《がんば》ろうね」

「え……」

「チラチラよそ見《み》したり、動《うご》きが小《ちい》さかったりしたのがとても目立《めだ》ったよ。前列《ぜんれつ》だから、すごく目立《めだ》つんだよね。顔《かお》もみんな笑顔《えがお》なのに、結亜《ゆあ》さんだけ笑顔《えがお》がなかったよ」

「すみません……」

私《わたし》、振《ふ》りを思《おも》いだすことに一生懸命《いっしょうけんめい》すぎて、いろんなことに気《き》が回《まわ》らなかったんだ。

『まちがえていいから』って、円先生《まどかせんせい》の言葉《ことば》に甘《あま》えすぎていた。

どうしよう。みんなの足《あし》を引《ひ》っぱりたくないよ！


それから、一時間《じかん》みっちりレッスンを受《う》けたんだけど、私《わたし》だけ注意《ちゅうい》をされまくってしまった。

「よそ見《み》しない！」

「もっと手《て》を伸《の》ばして！」

「笑顔《えがお》！　このままじゃステージあがれないよ？」

全部《ぜんぶ》、私《わたし》への注意《ちゅうい》の言葉《ことば》だ。

指摘《してき》されたらされるほど、自信《じしん》がなくなってきて、さらにミスを連発《れんぱつ》してしまう。

私《わたし》のせいで、中断《ちゅうだん》したりもした。

みんなの多忙《たぼう》なスケジュールを合《あ》わせてレッスンをしているのに、私《わたし》のせいで貴重《きちょう》な時《じ》間《かん》が溶《と》けていく。

「時間《じかん》だね。どうしようか？　このままじゃ、とてもじゃないけど、お客様《きゃくさま》の前《まえ》に出《だ》せないよ」

円先生《まどかせんせい》は、まっすぐ私《わたし》だけを見《み》て、そう言《い》った。

「ごめんなさい……」

「次《つぎ》のレッスンまでに、頑張《がんば》ってきてね」

人気《にんき》の先生《せんせい》なのか、慌《あわ》ただしくスタジオから出《で》ていってしまった。

「残《のこ》り時間《じかん》、練習《れんしゅう》するよっ！」

落《お》ちこんでる私《わたし》のとなりで、苺《いちご》ちゃんが大《おお》きな声《こえ》でみんなに告《つ》げる。

「苺《いちご》、撮影《さつえい》してたから、みんなでダンス見直《みなお》そう」

ピンク色《いろ》のデジカメを手《て》にとり、苺《いちご》ちゃんが練習《れんしゅう》の様子《ようす》を見《み》せてくれた。

円先生《まどかせんせい》が言《い》ったとおり、私《わたし》だけ浮《う》いていた。

まるで、アイドルの中《なか》に放《ほう》りこまれてる一般人《いっぱんじん》みたいだ。

立冬《りと》ちゃんは、一生懸命《いっしょうけんめい》で華《はな》がある。

ゆゆんちゃんは、かわいくて見《み》てて楽《たの》しい。

絢香《あやか》ちゃんには、目《め》が離《はな》せない魅力《みりょく》がある。

そして、苺《いちご》ちゃんはキュートでアイドルって感《かん》じで完璧《かんぺき》だった。

私《わたし》だけ、ヘタクソだ……。

「結亜《ゆあ》、人《ひと》に当《あ》たってもいいから、とりあえず動《うご》きを大《おお》きくしてみたら？」

落《お》ちこむ私《わたし》に、絢香《あやか》ちゃんが声《こえ》をかけてくれた。

「そーそー！　結亜《ゆあ》は優《やさ》しいし、遠慮《えんりょ》しちゃうとこあるからさ！」

「結亜《ゆあ》ちゃんの元気《げんき》なとこ、もっとアピールしよ！」

ゆゆんちゃんと立冬《りと》ちゃん、『Mon.《モン》STAR《スター》』のみんなが励《はげ》ましてくれる。

けど、苺《いちご》ちゃんだけ無言《むごん》だった。

何度《なんど》も何度《なんど》も動画《どうが》を再生《さいせい》して、メモをとってチェックをしている。

「結亜《ゆあ》さん、配置《はいち》変《か》えた方《ほう》がいいかも」

「え……」

「身長的《しんちょうてき》に前《まえ》にしたけど、後《うし》ろにいって。配置考《はいちかんが》えたの苺《いちご》だから」

それって、私《わたし》ができてないから、後《うし》ろに回《まわ》されるってこと……？

苺《いちご》ちゃんに言《い》われたとおり、私《わたし》と絢香《あやか》ちゃんで位置《いち》を交代《こうたい》する。

「結亜《ゆあ》、気《き》にしたらダメよ」

「う、うん」

絢香《あやか》ちゃんが励《はげ》ましてくれるけど、うろたえてしまう。

どうしよう、みんなに迷惑《めいわく》かけたくない。

「結亜《ゆあ》さんだけダメ！　なんで？」

何回《なんかい》やっても、苺《いちご》ちゃんに叱《しか》られてしまう。

「ごめんなさい……」

結局《けっきょく》、私《わたし》だけ外《はず》されて、苺《いちご》ちゃんにダンスを見《み》てもらうことになった。

「笑顔《えがお》！　また忘《わす》れてる！　どうして、そんな悲《かな》しそうな顔《かお》をするの⁉」

たくさん注意《ちゅうい》されて、笑顔《えがお》がだんだん作《つく》れなくなってきた。どうしよう、どうしよう。

あせればあせるほど、顔《かお》に出《で》てしまう。

「あーあ、結亜《ゆあ》さんがいなかったら、次《つぎ》のこともやれるのに。一人《ひとり》だけ足引《あしひ》っぱってる。最悪《さいあく》！」

「ちょっと！」

「言《い》いすぎじゃない？」

「言《い》いすぎじゃないよ！　レッスンはこんなもんだよ！」

絢香《あやか》ちゃんたちがかばってくれたけど、苺《いちご》ちゃんは冷《つめ》たい視線《しせん》を私《わたし》に向《む》けて、その日《ひ》の練習《れんしゅう》は終《お》わってしまったんだ……。

mon.
STAR

3 片想《かたおも》いの気持《きも》ち

「実《じつ》は、同期《どうき》のみんなで春《はる》の『cream soda《クリームソーダ》』のイベントに参加《さんか》することになったの」

その日《ひ》の夕食《ゆうしょく》、いつものように五《いつ》つ子《ご》たちが、私《わたし》の家《いえ》に食事《しょくじ》をしにきていた。

ママは親戚《しんせき》の集《あつ》まりでいないから、作《つく》ってくれていた菜《な》の花《はな》のおひたしと筍《たけのこ》の炊《た》きこみご飯《はん》、山菜《さんさい》の唐揚《からあ》げをあたためて大皿《おおざら》で食卓《しょくたく》に出《だ》したんだ。

山菜《さんさい》がいっぱいの夕食《ゆうしょく》は、春《はる》のにおいがした。

たくさんの山菜《さんさい》は、近所《きんじょ》のおじさんがくれたんだよ。

「同期《どうき》って、こないだ雑誌《ざっし》に載《の》ってた『Mon.STAR《モンスター》』って名前《なまえ》のやつか？」

さすが、情報通《じょうほうつう》の三月《みつき》くん。なんでも知《し》ってるなあ。

「モンスター!?　なにそれ！　かっけー！　すげー強《つよ》そうっ！　あちっ!?」

一星《いっせい》くんは私《わたし》たちのグループ名《めい》が気《き》に入《い》ったのか、熱々《あつあつ》の唐揚《からあ》げを食《た》べながら興奮《こうふん》している。

「一星兄《いっせいにい》さん、大丈夫《だいじょうぶ》？　口《くち》の中《なか》、やけどしてない？　熱《あつ》いから気《き》をつけてね」

「四季《しき》～。オレの癒《い》やし～」

「あはは、食事中《しょくじちゅう》に抱《だ》きつくのやめてね」

となりの椅子《いす》を乗《の》りこえて、無理《むり》やり抱《だ》きつく一星《いっせい》くんに、四季《しき》くんが笑《わら》ってる。

ナイショだけど、四季《しき》くんは私《わたし》の憧《あこが》れの人《ひと》なんだよ。

「おい、一星《いっせい》。食事中《しょくじちゅう》だ。席《せき》につけ」

「そんなこと言《い》う二葉《ふたば》の唐揚《からあ》げは、オレが食《た》べちゃう！」

「ちなみに、お前《まえ》が食《た》べようとしている唐揚《からあ》げは、五河《いつか》のぶんだ。僕《ぼく》はさっき食《た》べたからな」

「いち兄《にい》……ボクの唐揚《からあ》げぇ……」

「うわー!?　ごめんよ五河《いつか》！　三月《みつき》の唐揚《からあ》げあげるから許《ゆる》して！」

「ぶっ飛《と》ばすぞ？」

「でも、みんな唐揚《からあ》げが大好《だいす》きだから、仕方《しかた》ないよね」

「五河《いつか》、かわいい」」

二葉《ふたば》くんと三月《みつき》くんのお兄《にい》ちゃん二人組《ふたりぐみ》が癒《い》やされている。

「俺《おれ》はいい。五河《いつか》にやる」

「オレもっ！」

「こんなに唐揚《からあ》げいらないよぉっ！」

五河《いつか》くんに、クールな三月《みつき》くんと食《く》いしん坊《ぼう》な一星《いっせい》くんが自分《じぶん》の唐揚《からあ》げを渡《わた》している。

ちゃんと二人《ふたり》に唐揚《からあ》げを返《かえ》して、自分《じぶん》のぶんだけを五河《いつか》くんがおいしそうに食《た》べているのが仲良《なかよ》しでほほえましい。

「おいしー！　味《あじ》がしみしみの唐揚《からあ》げ、ボク大好《だいす》きっ！」

ニコニコ笑顔《えがお》の五河《いつか》くんに、つられてみんなもほっこり笑顔《えがお》になってってしまう。

「菜《な》の花《はな》やつくしって食《た》べられるんだな」

「ほろ苦《にが》くておいしい！　春《はる》の味《あじ》がするー！」

副菜《ふくさい》の春《はる》の味覚《みかく》も、みんなおいしそうに食《た》べてくれた。

「ねえ、『Mon《モン》・STAR《スター》』って月《つき》と星《ほし》って意味《いみ》でしょ？　すてきだね」

四季《しき》くんがグループ名《めい》をほめてくれた。

「え⁉　怪物《かいぶつ》じゃないの？」

「お前《まえ》は黙《だま》れ！」

一星《いっせい》くんが二葉《ふたば》くんになぐられているのも、いつもの食事風景《しょくじふうけい》だ。

ケンカするほど仲《なか》がいいって、この二人《ふたり》のためにある言葉《ことば》だよね。

「あはは！　怪物《かいぶつ》って意味《いみ》もあるみたいよ。パワフルでカッコいい感《かん》じかなあ。私《わたし》はどっちの意味《いみ》も好《す》き！」

「わかる！　オレもモンスターってかっけーって思《おも》う！」

一星《いっせい》くんにグループ名《めい》をほめられてうれしくなる。

「ぼくたち【橘兄弟《たちばなきょうだい》】もイベントに出《で》るから、よろしくね」

「ああ。結亜《ゆあ》の活躍《かつやく》、とても楽《たの》しみにしてるぞ」

大好《だいす》きな【橘兄弟《たちばなきょうだい》】の二人《ふたり》に応援《おうえん》されて、心《こころ》がぽかぽかする。

練習《れんしゅう》はダメダメでへこたれてたけど、なんだか力《ちから》がわいてきた。

「うんっ！　頑張《がんば》るね！」

笑顔《えがお》になって、私《わたし》もみんなとご飯《はん》を食《た》べようとしたときだった。

ピンポーンと、玄関《げんかん》のチャイムが鳴《な》ったんだ。

「こんな時間《じかん》にだれだろう？」

「私《わたし》、見《み》てくるね」

玄関《げんかん》の扉《とびら》を開《あ》けると、そこにはなんと、加恋《かれん》ちゃんと苺《いちご》ちゃんの二人《ふたり》がいたんだ。

「こんばんはー！」

「えへへっ！　きちゃったっ！」

顔《かお》の小《ちい》さい高身長《こうしんちょう》の美少女《びしょうじょ》は、水野加恋《みずのかれん》ちゃんだ。

元気《げんき》で強気《つよき》な加恋《かれん》ちゃんは、『ｃｒｅａｍ ｓｏｄａ《クリームソーダ》』の先輩《せんぱい》モデルなんだ。

とても人気《にんき》があって、一人《ひとり》で表紙《ひょうし》を飾《かざ》ったこともあるんだよ。

私《わたし》と同《おな》じ歳《とし》で、五《いつ》つ子《ご》の幼馴染《おさななじ》みでもあるんだ。

「結亜《ゆあ》さん、二葉《ふたば》いますかあ？　……いるよね？」

二葉《ふたば》くんに会《あ》わせろと、私《わたし》にせがんでくる苺《いちご》ちゃんは、ツインテールで背《せ》が低《ひく》くてとてもかわいい。

私《わたし》はレッスンでたくさん苺《いちご》ちゃんに迷惑《めいわく》をかけてしまったからとても気《き》まずいけど、苺《いちご》ちゃんはプライベートと仕事《しごと》の切《き》りかえができているのかニコニコしている。

「え？　なぜ二人《ふたり》がここに？」

ファッション誌《し》やテレビから抜《ぬ》けでてきたみたいな二人《ふたり》が、田舎町《いなかまち》の我《わ》が家《や》にいるのが場《ば》ちがいすぎるよ！

【橘兄弟《たちばなきょうだい》】も芸能人《げいのうじん》だからと思《おも》ったけど、人気《にんき》の女《おんな》の子《こ》二人《ふたり》がそろうとまたちがった輝《かがや》きがあるなあ。

スタイリッシュな春《はる》らしいワンピースを着《き》た加恋《かれん》ちゃんと、ピンク色《いろ》のレースとリボンがついたゴスロリを着《き》た苺《いちご》ちゃん。二人《ふたり》とも、かわいいし美《うつく》しすぎる。

(あ、二人《ふたり》とも、人気《にんき》ブランドの新作《しんさく》のお洋服着《ようふくき》てる……)

ファッション誌《し》のモデルをやっているから、最近《さいきん》はお洋服《ようふく》やコスメのブランドもおぼえてきたんだ。

加恋《かれん》ちゃんが着《き》てるお洋服《ようふく》は、女《おんな》の子《こ》ならだれもが憧《あこが》れるブランドの『ジュエルパフェ』

で、苺《いちご》ちゃんのは原宿女子《はらじゅくじょし》に人気《にんき》のあるフリルがかわいい『shortcake&CO《ショートケーキアンドコー》』のものだ。

自分《じぶん》だけ、普段着《ふだんぎ》のスウェット姿《すがた》でいるのが、急《きゅう》に恥《は》ずかしくなってきた。

「私《わたし》は、一星《いっせい》と約束《やくそく》があってきたの」

小《ちい》さい頃《ころ》から一星《いっせい》くんのことが大好《だいす》きだった加恋《かれん》ちゃんは、こないだ彼《かれ》に告白《こくはく》をしたんだ。

幼馴染《おさなな》み《じ》ではなく、まずは女友《おんなとも》だちからということで、つきあってはいないみたいなんだけど、ときどき、二人《ふたり》でデートしているのを知《し》っていた。

「苺《いちご》はもちろん、二葉《ふたば》に会《あ》いにっ♥」

苺《いちご》ちゃんは、二葉《ふたば》くんに熱烈《ねつれつ》な片想《かたおも》いをしている。

二葉《ふたば》くんのことが大好《だいす》きすぎて、見《み》てて怖《こわ》いと思《おも》うときがあるくらいだ。

「私《わたし》が五《いつ》つ子《ご》のところにいくって知《し》って、事務所《じむしょ》からつけてきたんでしょ!?」

「ちがうもーん！　加恋《かれん》さんと一緒《いっしょ》に仲良《なかよ》くきたんだもーん！」

「もうっ！　調子狂《ちょうしくる》うわね!!」

笑顔《えがお》で抱《だ》きついてくる苺《いちご》ちゃんに、加恋《かれん》ちゃんがお姉《ねえ》さんみたいに困《こま》った顔《かお》をしている。

前《まえ》にいった水族館《すいぞくかん》で二人《ふたり》はケンカしてたけど、同《おな》じ事務所《じむしょ》の先輩《せんぱい》と後輩《こうはい》のせいか、いつのまにか仲良《なかよ》くなったみたいだ。

苺《いちご》ちゃんってギラギラして怖《こわ》いときもあるけど、守《まも》ってあげたくなるような、不思議《ふしぎ》な魅力《みりょく》があるんだよね。

「加恋《かれん》さん、加恋《かれん》さん、加恋《かれん》さん！」

「なによ⁉」

「ふふふ、呼《よ》んでみただけー！」

「はあっ⁉　腹立《はらた》つわー！」

加恋《かれん》ちゃんは苺《いちご》ちゃんのほっぺを、むにっと軽《かる》くつねった。本気《ほんき》じゃないみたいで、苺《いちご》ちゃんも笑《わら》ってるし、痛《いた》そうにしていない。

その手《て》にほおをすりよせて、猫《ねこ》みたいに目《め》を細《ほそ》めてニコニコしている苺《いちご》ちゃんがかわいい。

「あ、えっと。寒《さむ》かったでしょ？　二人《ふたり》とも、入《はい》って入《はい》って」

はっとして、慌《あわ》てて二人《ふたり》を家《いえ》へあげる。

「ご飯《はん》食《た》べてきた？　よかったら夕飯《ゆうはん》食《た》べてく？」

「わあ！　食《た》べるー！」

「苺《いちご》！　少《すこ》しは遠慮《えんりょ》しなさい！」

「むー……だって、いいにおいするんだもんっ！」

口《くち》をとがらせる苺《いちご》ちゃんを、加恋《かれん》ちゃんが先輩《せんぱい》としてたしなめた。

「加恋《かれん》ちゃんは？」

「……食《た》べる」

「ふふ、二人《ふたり》とも、オッケー！」

そんな加恋《かれん》ちゃんをほほえましく思《おも》いながら、二人《ふたり》をリビングに招《まね》いた。

「一星《いっせい》〜！　会《あ》いたかった！」

「二葉《ふたば》っ！　愛《あい》してるっ!!」

ばーんっとリビングに登場《とうじょう》した加恋《かれん》ちゃんと苺《いちご》ちゃんに、一星《いっせい》くんは食《た》べていた唐揚《からあ》げを吹《ふ》きだし、二葉《ふたば》くんは菜《な》の花《はな》のおひたしを箸《はし》で持《も》ったまま固《かた》まっている。他《ほか》の弟《おとうと》たちは目《め》を丸《まる》くしていて、それがおもしろくて吹《ふ》きだしてしまった。

「お前《まえ》ら、あいさつが先《さき》だろう⁉」

ずり下《さ》がったメガネを慌《あわ》てて直《なお》し、二葉《ふたば》くんが大《おお》きなため息《いき》をついた。

「は？　これがあいさつだけど？」

「ですよねー。あいさつしたもんっ！」

「どこの世界《せかい》のあいさつだ！」

思《おも》わず突《つ》っこむ二葉《ふたば》くんに、二人《ふたり》とも顔《かお》を見合《みあ》わせ爆笑《ばくしょう》している。

一星《いっせい》くんに会《あ》えてうれしいのか、いつもより加恋《かれん》ちゃんは上機嫌《じょうきげん》に見《み》えた。

苺《いちご》ちゃんは椅子《いす》がないからという理由《りゆう》で、大好《だいす》きな二葉《ふたば》くんのひざの上《うえ》に乗《の》ろうとして拒否《きょひ》られている。

そっか。苺《いちご》ちゃんくらい小柄《こがら》だと、同年代《どうねんだい》の男《おとこ》の子《こ》のひざの上《うえ》に乗《の》れるんだ……。

おとなりさんで身近《みぢか》に思《おも》っている五《いつ》つ子《ご》が、他《ほか》の女《おんな》の子《こ》と仲《なか》がいいから少《すこ》しだけさびしい。

好《す》きな友《とも》だちをとられる感覚《かんかく》と、似《に》ているかもしれない。

昔《むかし》、幼馴染《おさななじ》みのもちこが、別《べつ》の友《とも》だちといるところを目撃《もくげき》したとき、少《すこ》し悲《かな》しくなったことがある。

でも、なんだかそれとはちょっぴりちがう気《き》がするんだよね。

「結亜《ゆあ》ちゃん、固《かた》まってるけど、どうしたの？」

「えっ、あ！　なんでもないよ！　炊《た》きこみご飯《はん》も追加《ついか》してくるね！」

慌《あわ》ててキッチンに逃《に》げる。

とりあえず、まだ残《のこ》っている料理《りょうり》をあたためなおそう。

「結亜《ゆあ》ちゃん、手伝《てつだ》うよ」

「四季《しき》くん！」

四季《しき》くんは家事《かじ》が得意《とくい》なんだ。

【橘兄弟《たちばなきょうだい》】としての仕事《しごと》が忙《いそが》しいけれど、こうやっていつも手伝《てつだ》ってくれるんだよ。

「春《はる》の味《あじ》を、二人《ふたり》にも食《た》べてもらいたいなあ」

「ふふ、結亜《ゆあ》ちゃんは優《やさ》しいね」

二人分《ふたりぶん》の夕食《ゆうしょく》を準備《じゅんび》していたら、四季《しき》くんが優《やさ》しく笑《わら》ってくれた。

星《ほし》の光《ひかり》みたいにキラキラしたほほえみは、私《わたし》の胸《むね》をドキドキさせる。

さっきまで痛《いた》かった心《こころ》が、きゅんとする。

料理《りょうり》があたたまってきたタイミングで、四季《しき》くんがお皿《さら》を渡《わた》してくれた。

私《わたし》が使《つか》おうと思《おも》っていた小花柄《こばながら》の深皿《ふかざら》だった。

ママと私《わたし》をよく手伝《てつだ》ってくれる四季《しき》くんだから、なにを必要《ひつよう》としてるのかわかってくれているのがうれしい。

「結亜《ゆあ》ちゃんって山菜《さんさい》ご飯《はん》好《す》き？」

「うん、おいしいよね」

「ふふ、実《じつ》はぼくも好《す》きなんだ」

「え!?　四季《しき》くんも？」

四季《しき》くんって、都会育《とかいそだ》ちって感《かん》じだから意外《いがい》だ！

「うん。父《とう》さんがアウトドアが好《す》きで、キャンプにつれてってもらうと教《おし》えてくれたんだ」

うれしいことを話《はな》すときみたいに、四季《しき》くんの声《こえ》が弾《はず》む。

「毒《どく》キノコと食《た》べられるキノコのちがいとか、百合《ゆり》の根《ね》は食《た》べられるとか、椿《つばき》の花《はな》は天《てん》ぷらにするとおいしいとか」

「へええ！　四季《しき》くんのお父《とう》さんすごい！　物知《ものし》り！」

「ふふ、……うん。自慢《じまん》の父《とう》さんだったよ。いつか、お前《まえ》に子供《こども》ができたら教《おし》えてあげなさいって」

五《いつ》つ子《ご》のお父《とう》さんって、すてきな人《ひと》なんだな。

なんとなく、四季《しき》くんみたいに優《やさ》しい人《ひと》のような気《き》がした。

「キャンプにいったとき、山桜《やまざくら》が満開《まんかい》で、とてもきれいだったのが忘《わす》れられないな」

「ふふ、すてきな思《おも》い出《で》だね」

笑顔《えがお》で返《かえ》す私《わたし》の頭《あたま》を、四季《しき》くんがなでてくれた。

「結亜《ゆあ》ちゃんは、本当《ほんとう》に優《やさ》しいね」

「ひえ」

こんなきれいな男《おとこ》の子《こ》に頭《あたま》をなでられるなんて、やばすぎる！

「きゃ――――っ!?」

「え？　どうしたの？　わ！　フライパンの中《なか》、焦《こ》げてない？」

「うわあああああっ⁉」

目《め》の前《まえ》のフライパンが大変《たいへん》なことになってるのにも、絶叫《ぜっきょう》してしまった。

あわわわわっっ⁉

慌《あわ》てて、コンロの火《ひ》を止《と》める。

「ゆ、結亜《ゆあ》ちゃん、大丈夫《だいじょうぶ》？　顔《かお》まっ赤《か》だよ！　熱《あつ》い湯気《ゆげ》を浴《あ》びちゃった？」

「ひええっ⁉」

心配《しんぱい》そうな表情《ひょうじょう》をした四季《しき》くんが、私《わたし》の顔《かお》を至近距離《しきんきょり》でのぞきこんでくる。

瞳《ひとみ》の中《なか》に、キラキラなラメみたいな輝《かがや》きが瞬《またた》いている。

五《いつ》つ子《ご》たちって、みんな目《め》の中《なか》に光《ひかり》がたくさんあるんだよね。

光《ひかり》を反射《はんしゃ》しやすいとか、目《め》の水分量《すいぶんりょう》とかに関係《かんけい》があるんだろうけど、本当《ほんとう》にきれいだ。

「結亜《ゆあ》ちゃんはモデルなんだから、もっと自分《じぶん》を大事《だいじ》にしてね。それに、顔《かお》の皮《ひ》ふは他《ほか》の肌《はだ》よりデリケートなんだよ」

そっと、壊《こわ》れ物《もの》みたいに私《わたし》のほおをなでる四季《しき》くんが、カッコよすぎてクラクラしてしまう。

「う、うんっ！　そ、それより、焦《こ》げてなくてよかった！」

なんとか二人《ふたり》ぶんを盛《も》りつけ、四季《しき》くんと一緒《いっしょ》にリビングへ運《はこ》んだ。

「お待《ま》たせ〜」

「わあっ！　おいしそう♪」

「ありがとう、結亜《ゆあ》っ！」

加恋《かれん》ちゃんと苺《いちご》ちゃんがママの手作《てづく》りのご飯《はん》をおいしそうに食《た》べてくれて、こっちまで笑顔《えがお》になってしまった。

ママの料理《りょうり》、本当《ほんとう》においしいんだよねえ。

「ねえねえ！　これはなに？　おいしいねえ」

「菜《な》の花《はな》だよ。私《わたし》も好《す》き」

「お花《はな》!?　食《た》べられるの!?」

「うん、こっちはつくしだよ」

「へええ！　すごーいっ！　苺《いちご》、これ好《す》きっ！」

小《ちい》さな口《くち》で、はむはむ食《た》べてくれる苺《いちご》ちゃんが小動物《しょうどうぶつ》みたいでかわいい。

「ねえねえ！　結亜《ゆあ》さんが作《つく》ったの？」

「私《わたし》もお手伝《てつだ》いしたけど、ママが作《つく》ったよ」

「へえー。苺《いちご》のおうちは、ママが忙《いそが》しくて料理《りょうり》作《つく》らないから、えっと……結亜《ゆあ》さんちのご飯《はん》、おいしいね」

ほおをりんごみたいに赤《あか》くさせて、ほかほかの炊《た》きこみご飯《はん》を夢中《むちゅう》で食《た》べていた苺《いちご》ちゃんが、チャームポイントの八重歯《やえば》をのぞかせて笑《わら》ってくれた。

むじゃきに笑《わら》う苺《いちご》ちゃんはかわいくて、二葉《ふたば》くんが妹《いもうと》みたいに思《おも》う気持《きも》ちもわかる気《き》がした。

「えっと、苺《いちご》ちゃん、お代《か》わりいる？」

「結亜《ゆあ》！　あんまり苺《いちご》のこと甘《あま》やかさないでね？」

「むー！　甘《あま》えてないもんっ！」

「それが甘《あま》えてるって言《い》うのよー！」

加恋《かれん》ちゃんが、苺《いちご》ちゃんのほおをむにーっと引《ひ》っぱる。

「ふにゃっ!?　にゃにしゅるの!?」

「あははは！　苺《いちご》のほおのびてるー！　おもちみたいでおもしろーい！　写真撮《しゃしんと》ろーっと」

「にゃー！　やらぁ！」

なんだか、姉妹《しまい》みたいでかわいいな。

同《おな》じ事務所《じむしょ》のせいか、この二人《ふたり》って、なんだか雰囲気《ふんいき》が似《に》てるんだよね。

「そう言《い》えば、苺《いちご》ちゃんってさ、結亜《ゆあ》とアイドルユニットでコラボするんだって？」

だれよりも先《さき》に食《た》べおわった一星《いっせい》くんが、食後《しょくご》のお茶《ちゃ》を飲《の》みながら苺《いちご》ちゃんにたずねた。

「ふっふーん！　そうだよっ！」

「なんでえらそうなんだ」

得意《とくい》げに胸《むね》を張《は》る苺《いちご》ちゃんに、思《おも》わず二葉《ふたば》くんが突《つ》っこむ。

「だって、女《おんな》の子《こ》の憧《あこが》れでもある『ｃｒｅａｍ　ｓｏｄａ《クリームソーダ》』のイベントに出《で》るんだもんっ！　苺《いちご》が一番目立《いちばんめだ》ってやるんだからっ！　まあ、結亜《ゆあ》さんはダメダメだし、敵《てき》じゃないけどね」

「はあ!?」

イベントの参加者《さんかしゃ》の一人《ひとり》でもある加恋《かれん》ちゃんが、ムッと苺《いちご》ちゃんを軽《かる》くにらんだ。

そんな加恋《かれん》ちゃんをスルーして、当《とう》の苺《いちご》ちゃんは二葉《ふたば》くんにべったりだ。

「イベント頑張《がんば》るから、二葉《ふたば》は苺《いちご》のことだけ見《み》ててね♥」

「頑張《がんば》るのはいいが、いいかげん手《て》を離《はな》せ」

「いーーやーーーっ！」

いやがる二葉《ふたば》くんに、苺《いちご》ちゃんがさらにきつく抱《だ》きつく。

胸《むね》がさざなみのようにざわついた。

二葉《ふたば》くんは私《わたし》に告白《こくはく》してくれた。

その返事《へんじ》を、私《わたし》はまだしてない。

ちゃんと、向《む》きあって答《こた》えようってずっと考《かんが》えている。

二葉《ふたば》くんのことは好《す》きだけど、それが恋愛《れんあい》の好《す》きかわからないんだ。

二人《ふたり》を見《み》つめていたら、バチッと二葉《ふたば》くんと目《め》が合《あ》ってしまった。

「結亜《ゆあ》！　これはその、ちがうんだ！」

「なによ！　苺《いちご》は二葉《ふたば》のお嫁《よめ》さんでしょー!?」

私《わたし》に弁解《べんかい》しようと慌《あわ》てる二葉《ふたば》くん、私《わたし》のことをこっそり鋭《するど》い目《め》つきでにらむ苺《いちご》ちゃん。

「二葉《ふたば》大好《だいす》きー！　二葉《ふたば》も苺《いちご》のこと好《す》きだよね？　わあっ！　両想《りょうおも》いだあ！」

「勝手《かって》に話《はなし》を進《すす》めるな！」

二葉《ふたば》くんと四季《しき》くんの【橘兄弟《たちばなきょうだい》】の真《ま》ん中《なか》の席《せき》に座《すわ》りなおした苺《いちご》ちゃんが、こっちを見《み》てニヤニヤしている。

「ねえねえ、四季《しき》くんは、好《す》きな人《ひと》いるの？」

「え？　ぼく？」

それまでほほえましくみんなのことを見《み》ていた四季《しき》くんの目《め》がまるくなった。

でも、すぐに目《め》を細《ほそ》めて、くすっと笑《わら》った四季《しき》くんは、長《なが》い人《ひと》差《さ》し指《ゆび》を形《かたち》のいい唇《くちびる》にあてたんだ。

「ナイショ」

「えー！　教《おし》えてよお」

なんとか聞《き》きだそうとする苺《いちご》ちゃんを、四季《しき》くんが笑顔《えがお》ではぐらかす。

ええっ⁉　四季《しき》くん、好《す》きな人《ひと》いるの⁉

『いない』じゃなくて『ナイショ』って答《こた》えたのはなんでだろう？

それって、好《す》きな人《ひと》がいるってこと⁉
ファンとしては聞《き》きたいような、聞《き》きたくないような⁉　複雑《ふくざつ》な気持《きも》ちだよ！
みんな、好《す》きな人《ひと》ができていく。
私《わたし》だけ、一人《ひとり》とりのこされていくみたいだ。

4 月《つき》と電気《でんき》

外《そと》に出《で》たら、星《ほし》が海《うみ》に降《ふ》ったみたいだった。

波《なみ》の中《なか》に落《お》ちた星《ほし》の光《ひかり》が、キラキラと溶《と》けていた。

「うわあ、今夜《こんや》は星《ほし》がきれいだねえ」

三月《がつ》の夜《よる》は、まだ肌寒《はだざむ》いけれど、やわらかな春《はる》のにおいを夜風《よかぜ》が運《はこ》んできた。

「帰《かえ》りたくない！　二葉《ふたば》と一緒《いっしょ》にいたいよう！」

「あんたは帰《かえ》るの！　明日《あした》も仕事《しごと》あるんでしょ？」

「やだやだやだやだっ！」

駅《えき》まで続《つづ》く海沿《うみぞ》いの道《みち》を、みんなで歩《ある》く。

「二葉《ふたば》ぁ……離《はな》れたくないよぉ」

「わがまま言《い》わない」

「ほら、苺《いちご》。電車《でんしゃ》の時間《じかん》になるぞ」

わしわし！　と、わざと乱暴《らんぼう》に苺《いちご》ちゃんの頭《あたま》を二葉《ふたば》くんがなでた。

「ん？　お前《まえ》、顔色悪《かおいろわる》くないか？」

「えー？　大丈夫《だいじょうぶ》だよー！　にゃははは！」

「体調悪《たいちょうわる》いのか？」

苺《いちご》ちゃんは心臓《しんぞう》が弱《よわ》いみたいで、二葉《ふたば》くんはすごく心配《しんぱい》している。

(でも、私《わたし》には完治《かんち》したって言《い》ってるんだけどね)

「元気《げんき》だもんっ！　あ！　嘘《うそ》！　体調悪《たいちょうわる》いから二葉《ふたば》のおうちに泊《と》めてー！」

「……元気《げんき》だな」

「むーっ！」

なんとか苺《いちご》ちゃんをなだめ、電車《でんしゃ》に乗《の》せる。

改札《かいさつ》まで見送《みおく》ったけど、最後《さいご》まで涙目《なみだめ》だった苺《いちご》ちゃんはとてもさびしそうだった。

「あの電車《でんしゃ》に苺《いちご》ちゃんが乗《の》ってるのかな？」

帰《かえ》り道《みち》、五河《いつか》くんが遠《とお》くを指差《ゆびさ》した。

その先《さき》に、電車《でんしゃ》が走《はし》る明《あ》かりが見《み》える。

「時間帯的《じかんたいてき》に、そうかもねえ」

四角《しかく》い車窓《しゃそう》の連《つら》なった光《ひかり》が闇夜《やみよ》を走《はし》りぬける様子《ようす》は、まるで『銀河鉄道《ぎんがてつどう》の夜《よる》』のワンシーンみたいだ。

好《す》きな人《ひと》に会《あ》いたい気持《きも》ちだけで、どんなに遠《とお》くでも会《あ》いにいく。

苺《いちご》ちゃんも加恋《かれん》ちゃんも、本当《ほんとう》にすごい。

「あー！　明日《あした》の一星《いっせい》とのデート楽《たの》しみー！」

「デートじゃないぞ！　釣《つ》りだぞ？」

「釣《つ》りデート流行《はや》ってるからデートなの！」

「……ということは？　デートだな！」

「あははは。よかった、一星《いっせい》がバカで。でも、そんなところが大好《だいす》きー！」

「なんかしらんけど、いくらオレでもバカにされてることはわかる……」

加恋《かれん》ちゃんが、一星《いっせい》くんの腕《うで》にぎゅっとからみついた。

それを避《よ》けようとせず、困《こま》った顔《かお》をして笑《わら》っている一星《いっせい》くんを見《み》てると、遠《とお》くにいってしまった感《かん》じがする。

（加恋《かれん》ちゃん、明日《あした》は一星《いっせい》くんとデートなんだ……）

急《きゅう》に、春《はる》のにおいがわからなくなって、寒《さむ》さだけが私《わたし》をとりまいた。


「すうすう……」

今夜《こんや》は加恋《かれん》ちゃんが、私《わたし》の家《いえ》に泊《と》まっている。

加恋《かれん》ちゃんが突然《とつぜん》きて私《わたし》の部屋《へや》に泊《と》まるのはいつものことだ。

レースのカーテンからあふれる月明《つきあ》かりが、加恋《かれん》ちゃんの美《うつく》しい寝顔《ねがお》を照《て》らしている。

加恋《かれん》ちゃんは私《わたし》と同《おな》じ歳《とし》で、大人気《だいにんき》モデルだ。

今発売《いまはつばい》してる『cream《クリーム》 soda《ソーダ》』の表紙《ひょうし》は、加恋《かれん》ちゃんだ。

かわいくて明《あか》るくて、前向《まえむ》きな加恋《かれん》ちゃんは、私《わたし》にないキラキラをたくさん持《も》っている。

それに比《くら》べて、私《わたし》はダンスの練習《れんしゅう》でもうまくできてなくて、叱《しか》られてばかりだ……。

加恋《かれん》ちゃんと自分《じぶん》を比較《ひかく》して、心《こころ》がつきんと痛《いた》くなった。

友《とも》だちとして誇《ほこ》らしいのに、なんでこんなにも悲《かな》しいんだろう。

胸《むね》が痛《いた》くて、苦《くる》しくて、眠《ねむ》ることができない。

「はぁ……ダメだあ」

寝《ね》ている加恋《かれん》ちゃんを起《お》こさないように、そっとベッドから抜《ぬ》けだして、階段《かいだん》を降《お》りた。

深夜帯《しんやたい》の家《いえ》の中《なか》は、不思議《ふしぎ》。

まっ暗闇《くらやみ》なせいか、知《し》らない空間《くうかん》のようだ。

暗闇《くらやみ》には不思議《ふしぎ》が潜《ひそ》んでいるって、小《ちい》さい頃《ころ》から思《おも》っている。

それは、怖《こわ》いものとかだけではないんだ。

雲《くも》にかくれた星《ほし》や月《つき》のように、目《め》に見《み》えないきれいなものも、全部《ぜんぶ》がかくれている気《き》がするんだ。

電気《でんき》をパチリとつけると、一瞬《いっしゅん》でいつもの世界《せかい》になった。

キッチンでホットミルクを作《つく》って、タンブラーに入《い》れて外《そと》へ出《で》る。

月明《つきあ》かりを頼《たよ》りに、いつもの海辺《うみべ》を歩《ある》いた。

悩《なや》んで眠《ねむ》れないとき、海辺《うみべ》の散歩道《さんぽみち》を歩《ある》くんだ。

生《う》まれたときから聞《き》きなれた波《なみ》の音《おと》と、長《なが》い私《わたし》の影《かげ》がいるからさびしくはない。

「さむ……」

羽織《はお》っていたストールを着《き》なおし、持《も》ってきたホットミルクを飲《の》もうとしたときだった。

「あれ？」

お気《き》に入《い》りのベンチに、先客《せんきゃく》がいるのが見《み》えた。

街灯《がいとう》の下《した》、だれかが座《すわ》っている。

「……結亜《ゆあ》ちゃん？」

「四季《しき》くん！」

そこには、四季《しき》くんがいたんだ。

「こんな夜《よる》にどうしたの？　風邪《かぜ》をひくよ」

「それは四季《しき》くんもだよ！」

慌《あわ》ててストールを四季《しき》くんに巻《ま》きつける。

「結亜《ゆあ》ちゃんは、優《やさ》しいね」

四季《しき》くんがやわらかくほほえんだ。

結局《けっきょく》、ストールを二人《ふたり》で半分《はんぶん》こしながらベンチに座《すわ》る。

「結亜《ゆあ》ちゃんはどうしたの？　眠《ねむ》れないの？」

「うん……」

四季《しき》くんのとなりに座《すわ》ると、ドキドキするけど、心《こころ》が落《お》ちついていく。

風《かぜ》に乗《の》って、四季《しき》くんからお風呂《ふろ》あがりのいい香《かお》りがした。

「四季《しき》くんはなにしてたの？」

「次《つぎ》のドラマの役作《やくづく》りをしてたんだ」

「えっ⁉　もしかして、立冬《りと》ちゃんが主役《しゅやく》のドラマ？」

「うん、よく知《し》ってるね」

四季《しき》くんの手元《てもと》の台本《だいほん》には、『青《あお》のふたり』と、題名《だいめい》が書《か》いてあった。

今話題《いまわだい》のマンガの実写化《じっしゃか》だ。

恋愛《れんあい》ものだけど、ミステリー要素《ようそ》もあって、私《わたし》も読《よ》んだことがあるマンガだ。

「立冬《りと》ちゃんから聞《き》いたんだ」

「そっか。結亜《ゆあ》ちゃんたちは『cream soda《クリームソーダ》』で同期《どうき》だもんね」

「立冬《りと》ちゃんの彼氏役《かれしやく》、なんだよね？」

「うん。立冬《りと》ちゃん、子役《こやく》をやってたからか、感情演技《かんじょうえんぎ》がうまいんだ。ぼくが足《あし》を引《ひ》っぱらないようにしないと」

ふうとため息《いき》をつく四季《しき》くんが見上《みあ》げた空《そら》には、星《ほし》がたくさんだ。

（いいな……四季《しき》くんが彼氏役《かれしやく》だなんて、立冬《りと》ちゃんがうらやましいな……）

私《わたし》も一緒《いっしょ》にため息《いき》をついたら、二人分《ふたりぶん》の悩《なや》みが星《ほし》の海《うみ》や夜空《よぞら》へ消《き》えていった。

海《うみ》も空《そら》もとても広《ひろ》いから、今悩《いまなや》んでることも受《う》けとめられてなくなっていく気《き》がしたんだ。

「結亜《ゆあ》ちゃんは？　どうして眠《ねむ》れないの？」

長《なが》いまつ毛《げ》に縁《ふち》どられた、キラキラな瞳《ひとみ》が私《わたし》に向《む》けられる。

五《いつ》つ子《ご》は一卵性《いちらんせい》だから、みんなそっくりなんだけど、特《とく》に四季《しき》くんは一番《いちばん》きれいだと思《おも》う。

（まさか、加恋《かれん》ちゃんが原因《げんいん》で眠《ねむ》れないなんて言《い》えないな……）

加恋《かれん》ちゃんが一星《いっせい》くんの話《はなし》をするると、もやもやするって四季《しき》くんに話《はな》せない。

四季《しき》くんにとって、加恋《かれん》ちゃんは幼馴染《おさななじ》みだし、一星《いっせい》くんは大切《たいせつ》なお兄《にい》ちゃんだ。

私《わたし》だってそうだ。加恋《かれん》ちゃんも一星《いっせい》くんも、大事《だいじ》な友《とも》だちだ。

五《いつ》つ子《ご》が引《ひ》っ越《こ》してきて、楽《たの》しい毎日《まいにち》だったのに、私《わたし》のせいでいやな気分《きぶん》にさせたくない。

「えっとね、今度《こんど》のアイドルコラボのお仕事《しごと》、頑張《がんば》ったら『cream《クリーム》 soda《ソーダ》』の表紙《ひょうし》になれる近道《ちかみち》かもしれないの。でも私《わたし》、ダンスも歌《うた》も本格的《ほんかくてき》にやったことないから、全然《ぜん》できてなくて、ダメダメなんだ……」

「それは、とてもプレッシャーだね」

それも、本当《ほんとう》だ。眠《ねむ》れない理由《りゆう》の一《ひと》つだ。

「結亜《ゆあ》ちゃんは、自分《じぶん》のすてきなところ知《し》ってる？」

私《わたし》のすてきなところって、どこだろう？

「うーん。……うーーーん？」

「結亜《ゆあ》ちゃん、悩《なや》みすぎ！」

なさすぎて、首《くび》をひねる私《わたし》に、四季《しき》くんがクスクス笑《わら》った。

「運動神経《うんどうしんけい》がいいとこかな？」

私《わたし》は足《あし》が速《はや》いんだ。だから、駆《か》けっこでいつも一番《ばん》なんだよ。

「それから？」

「おしまい」

「なんで⁉　優《やさ》しいところとか、かわいらしいところとか、たくさんあるよね？」

「あわわわわわわわ、わわわわわわ！」

ひええ！　大好《だいす》きな推《お》しの四季《しき》くんに、とんでもないことを言《い》われてしまった！

ベンチに座《すわ》っていられなくて、砂浜《すなはま》にしゃがみこんでしまう。

もういっそ、転《ころ》がりまくりたいくらい照《て》れるー！

(今《いま》、四季《しき》くん、私《わたし》のことかわいらしいって言《い》ったよねえええ⁉)

顔《かお》をおおって、砂浜《すなはま》でうめいてしまった。

「ゆ、結亜《ゆあ》ちゃん⁉　大丈夫《だいじょうぶ》？　どうしたの？」

「ううん……気《き》にしないで……急《きゅう》に幸《しあわ》せになっちゃって」

まさかの四季《しき》くんからこんなこと言《い》われたら、いやな気分《きぶん》が帳消《ちょうけ》しになってしまった。

「ふふ。ならよかった。自分《じぶん》のいいところを自覚《じかく》して、伸《の》ばすといいよ。できることを磨《みが》くと、自分《じぶん》を認《みと》めることができて自信《じしん》がつくから」

たしかに。こんな私《わたし》だけど、運動会《うんどうかい》のときだけは頼《たよ》りにされる。

「そろそろ戻《もど》らないと、寝不足《ねぶそく》になるね」

四季《しき》くんが三日月《みかづき》を指差《ゆびさ》した。

今夜《こんや》の月《つき》は、お星様《ほしさま》くらいの優《やさ》しい輝《かがや》きだ。

「お月様《つきさま》で時間《じかん》がわかるの？」

「うん。月《つき》は一時間《じかん》に約《やく》十五度《ど》動《うご》くからね。今《いま》は山《やま》の真上《まうえ》にあるけど、ぼくがここにきたときは、あそこの灯台《とうだい》の上《うえ》にあったんだ」

月《つき》で時間《じかん》の経過《けいか》がわかる四季《しき》くん、すごいなあ。

四季《しき》くんは芸能活動《げいのうかつどう》が大変《たいへん》な中《なか》で、学校《がっこう》の成績《せいせき》も上位《じょうい》をキープしてるんだ。

頑張《がんば》り屋《や》で本当《ほんとう》にすごいと思《おも》う。

「結亜《ゆあ》ちゃん、眠《ねむ》れそう？」

「ん……！」

かわいらしいって言《い》われたことがうれしすぎて、へへっと照《て》れて笑《わら》ってしまった。

むしろ、うれしすぎて、別《べつ》の意味《いみ》で眠《ねむ》れなそうだ。

四季《しき》くんの声音《こわね》が、夜《よる》のしっとりとした空気《くうき》を優《やさ》しくふるわせる。

差《さ》しだされた白《しろ》い手《て》が、私《わたし》の手《て》をにぎる。

夜《よる》の中《なか》にいると、現実感《げんじつかん》がなくなる。

なんでもできる気《き》がして、大胆《だいたん》にもなれそうだ。

昼間《ひるま》の私《わたし》なら、恥《は》ずかしくて、四季《しき》くんの手《て》をにぎりかえすことができないと思《おも》う。

でも今《いま》は、素直《すなお》にうれしいって思《おも》える。

照《て》れくさいけど、私《わたし》は四季《しき》くんの手《て》をにぎりたい。

「いこう！」

「きゃっ⁉」

手《て》をつないだまま、四季《しき》くんと砂浜《すなはま》を駆《か》けた。

私《わたし》は駆《か》けっこならだれにも負《ま》けない。

男《おとこ》の子《こ》にも勝《か》ってしまうくらい、足《あし》の速《はや》さには自信《じしん》があった。

でも、四季《しき》くんは私《わたし》よりも速《はや》く走《はし》ることができた。

びゅんって感《かん》じで、私《わたし》を引《ひ》っぱってくれる感覚《かんかく》に、つられていつもより速《はや》くなる。

「速《はや》い速《はや》い！　あははっ！　楽《たの》しい！」

「もっと速《はや》くする？」

「うんっ！　すごーい！」

四季《しき》くんにしっかり手《て》をにぎられて、さらに二人《ふたり》で走《はし》る。

いつも見《み》てる景色《けしき》が、早送《はやおく》りみたいになった。

夜《よる》の中《なか》、遊歩道《ゆうほどう》にぽつぽつと点在《てんざい》する街灯《がいとう》の明《あ》かりや、海《うみ》を照《て》らす灯台《とうだい》の青《あお》い光《ひかり》、遠《とお》くの街並《まちな》みの明《あ》かりが、グラデーションになって視界《しかい》を流《なが》れていく。

見《み》たこともない景色《けしき》が美《うつく》しくて、楽《たの》しくて、四季《しき》くんと笑《わら》いながら走《はし》った。

悩《なや》んでたこととか、悲《かな》しかったことが吹《ふ》きとんでいく感《かん》じがした。

「ねえ、四季《しき》くん」

「ん？」

四季《しき》くんの頭上《ずじょう》には、はちみつ色《いろ》に輝《かがや》く三日月《みかづき》が見《み》えた。

「ううん、なんでもない」

変《か》わらないでほしいけど、変《か》わっていく。

移動《いどう》するけど空《そら》に光《ひか》る月《つき》のように、離《はな》れないでほしいな。

5　はちみつバターとホットケーキ

「ううん！　むずかしい！」

翌日《よくじつ》、加恋《かれん》ちゃんを送《おく》りだした後《あと》、ダンスの振《ふ》り付《つ》け動画《どうが》をテレビに映《うつ》しだす。

画面《がめん》を見《み》ながら自主練《じしゅれん》するけど、動《うご》きを大《おお》きくしたり、笑顔《えがお》で踊《おど》ったりしようとすると歌《うた》が止《と》まったりしてむずかしい。

「えっと、〝嫉妬《しっと》〟は紫《むらさき》の葡萄《ぶどう》キャンディ♪　あなたを好《す》きな気持《きも》ちは〜♪　ダメだぁ！　もう一回《いっかい》！」

息《いき》もあがるし、歌《うた》に集中《しゅうちゅう》したらダンスが飛《と》んじゃうし、歌《うた》って踊《おど》れるアイドルって、改《あらた》めてすごいんだなあ。

「感情《かんじょう》をスイーツにしたらさあ♪　〝うれしい〟は黄色《きいろ》の〜黄色《きいろ》の〜……なんだっけ⁉」

家《いえ》にある全身《ぜんしん》が映《うつ》る姿見《すがたみ》の前《まえ》で、表情管理《ひょうじょうかんり》も考《かんが》えながら踊《おど》るんだけど、やっぱりすごくむずかしい……。

「えっと、横《よこ》、前《まえ》、後《うし》ろ、かかと、繰《く》りかえし」

ステップの確認《かくにん》をしながら、歌《うた》おうとするんだけど、なにがなんだかわからなくなってしまう。

最後《さいご》に足《あし》をあげて、ハートを手《て》で作《つく》って決《き》めポーズ！

なんだけど、よろけてしまう。

「で、できない……」

思《おも》ってた以上《いじょう》にできなくて、気持《きも》ちがぺしょぺしょになってしまう。

へにょんとしょぼくれていたら、玄関《げんかん》のチャイムが鳴《な》った。

「はぁーい……」

うなだれながら玄関《げんかん》の扉《とびら》を開《あ》けたら、そこにはさわやかな笑顔《えがお》の四季《しき》くんが立《た》っていた。

はわわわ!?

必死《ひっし》に練習《れんしゅう》していたから髪《かみ》もボサボサだし、汗《あせ》もすごいし、しかもよれよれのジャージ姿《すがた》だ。

こんな姿《すがた》、四季《しき》くんに見《み》られたくないよぉ!!

「こんにちは、結亜《ゆあ》ちゃん。やっぱり練習《れんしゅう》してたんだ」

「う、うん……」

白《しろ》いセーターに、サラサラの茶色《ちゃいろ》い髪《かみ》が美《うつく》しい四季《しき》くんが笑《わら》いかけてくる。

「結亜《ゆあ》ちゃん、つかれてるように見《み》えるけど、大丈夫《だいじょうぶ》？　どれくらい練習《れんしゅう》してたの？」

「え？　うわ!?　二時間《じかん》も練習《れんしゅう》してたみたい！」

時計《とけい》を見《み》て、びっくりしてしまう。

お昼《ひる》を食《た》べてから練習《れんしゅう》してたんだけど、もう午後《ごご》の三時《じ》をすぎていた。

「そろそろ休憩《きゅうけい》しない？」

「する！」

「セリフおぼえの気晴《きば》らしに、ホットケーキを作《つく》ろうかな？　って思《おも》ってるんだけど、結《ゆ》亜《あ》ちゃんも食《た》べるかなって。どうせなら、焼《や》きたてを食《た》べてほしくて……」

四季《しき》くんがトートバッグの中《なか》を見《み》せてくれる。

ホットケーキに必要《ひつよう》な小麦粉《こむぎこ》や卵《たまご》が入《はい》っていた。

「食《た》べたいっ！」

「ふふ、キッチン借《か》りていいかな？」

「もちろん！　というか、私《わたし》も作《つく》りたい！」

「え？　いいの？」

四季《しき》くんが作《つく》ってくれるホットケーキもすごく食《た》べてみたいけど、今《いま》は気分転換《きぶんてんかん》がしたかった。それに、二人《ふたり》で作《つく》った方《ほう》が楽《たの》しそう！

「ホットケーキ、私《わたし》も焼《や》くの好《す》きなんだ。一緒《いっしょ》にやってもいい？」

「うん！　やろうやろう」

二人《ふたり》でキッチンにいって、四季《しき》くんが持《も》ってきてくれた材料《ざいりょう》や、トッピングになにかあるかを確認《かくにん》する。

四季《しき》くんが小麦粉《こむぎこ》をふるいにかけている間《あいだ》、私《わたし》は牛乳《ぎゅうにゅう》の分量《ぶんりょう》を量《はか》る。

私《わたし》が卵《たまご》をボウルに割《わ》ると、四季《しき》くんが泡立《あわだ》て器《き》で手際《てぎわ》よく混《ま》ぜてくれた。

おたがいホットケーキのレシピが頭《あたま》に入《はい》っているから、息《いき》ぴったりで流《なが》れるような作業《さぎょう》が楽《たの》しい！

「ホットケーキのタネができたから、焼《や》こうか？」

「ねえねえ、ケーキやお好《この》み焼《や》きのタネって、植物《しょくぶつ》とかの種《たね》ってことかな？　花《はな》が咲《さ》く前《まえ》の素《もと》、みたいな？」

四季《しき》くんなら知《し》ってそうだ。

「結亜《ゆあ》ちゃん、それ当《あ》たってるよ。なにかの素《もと》になるものって意味《いみ》なんだよ。料理《りょうり》だと、まだ完成《かんせい》してない準備段階《じゅんびだんかい》のものを言《い》うみたい」

「へええ！『これから作《つく》るよー！』って感《かん》じがして、かわいい言葉《ことば》だね！」

「ふふ、うん。タネってかわいいね」

なんて話《はな》しながら、熱《ねっ》したフライパンを濡《ぬ》れぶきんの上《うえ》に載《の》せて冷《さ》ましてから、ホットケーキのタネをお玉《たまひと》一つ分流《ぶんなが》していく。

ぽこぽこと泡立《あわだ》ってきたのを二人《ふたり》で確認《かくにん》して、四季《しき》くんがひっくり返《かえ》してくれた。

ぽんと空中《くうちゅう》で一回転《いっかいてん》したから、びっくりしちゃった。

「四季《しき》くん、カッコいい！　フライ返《がえ》しでやるのかと思《おも》った！」

「洗《あら》い物増《ものふ》やしたくなくて、このやり方《かた》おぼえたんだよね」

ぽんっと、お皿《さら》に移《うつ》して一枚目《まいめ》が完成《かんせい》する。

四季《しき》くんがポンポンと焼《や》いてくれるから、それを見《み》るのが楽《たの》しくて、焼《や》くのを全部《ぜんぶ》お任《まか》せしてしまった。

お店《みせ》のものみたいに、小《ちい》さくて形《かたち》のいい三段重《だんがさ》ねのホットケーキができあがった。

「わああ！　おいしそう！」

「ぼく、お茶《ちゃ》淹《い》れるよ」

熱々《あつあつ》のホットケーキに、はちみつとバターをかけたら、トロトロになってすごくおいしそうだ。

「えへへ、冷蔵庫《れいぞうこ》にあったイチゴのせちゃお」

「わあ、春《はる》らしくていいね。なんだか、結亜《ゆあ》ちゃんみたいだ」

「えへへ」

四季《しき》くんから見《み》た私《わたし》って、イチゴとホットケーキみたいな感《かん》じなのかな？

なんだか照《て》れてしまう。

「いただきまーす！」

「いただきます」

海《うみ》が見《み》えるリビングで、おやつの時間《じかん》にする。

「結亜《ゆあ》ちゃん、練習《れんしゅう》はどう？」

「全然《ぜんぜん》ダメ……」

焼《や》きたてのホットケーキはふわふわで、はちみつとバターがじゅわっと染《し》みこんでいてすごくおいしかった！　つかれた体《からだ》に元気《げんき》がわいてくる。

「おいしー！」

「ふふ、よかった」

夢中《むちゅう》でホットケーキを食《た》べる私《わたし》を、四季《しき》くんがほほえみながら見《み》つめている。

おいしすぎて、がっついちゃったの見《み》られてる！

なんで女《おんな》の子《こ》らしく、少《すこ》しずつ食《た》べなかったんだろう⁉　いやあああああ‼

「は、はしたないね！　ごめんね！」

「なんで？　一緒《いっしょ》に作《つく》ったホットケーキをおいしそうに食《た》べてるの見《み》て、うれしいなって思《おも》ったんだ。ぼくこそ、見《み》つめちゃってごめんね」

「う、ううん！」

四季《しき》くんの言葉《ことば》に照《て》れて、顔《かお》が赤《あか》くなってしまう。

「ホットケーキがおいしいから、頑張《がんば》れそうだよ。ほんっと、うまくいかないの……ダンスと歌《うた》を一緒《いっしょ》にやるなんて無理《むり》だよぉ」

「わかるよ。ぼくも、ミュージカルやってたとき、同《おな》じこと思《おも》ったよ」

「四季《しき》くんも⁉」

なんでも完璧《かんぺき》にこなす四季《しき》くんが、まさかわかってくれるなんて思《おも》わなかった。

「お願《ねが》い！　アドバイスして！」

「あはは。ぼくはひたすらダンスと歌《うた》を練習《れんしゅう》したね。頭《あたま》がまっ白《しろ》になっても、体《からだ》が勝手《かって》に動《うご》くくらいになるまで、ひたすら練習《れんしゅう》したよ。歌詞《かし》が飛《と》んでも、音楽《おんがく》があれば無意識《むいしき》に思《おも》いだせるくらいに染《し》みこませるんだ」

「ええ……すごいぃ」

「ごめんね。いいアドバイスができなくて。でも、練習《れんしゅう》は裏切《うらぎ》らないよ。どんなアクシデントが起《お》こっても、しっかり練習《れんしゅう》していたら大丈夫《だいじょうぶ》になるんだ。体《からだ》におぼえこませたら勝《かっ》手《て》に出《で》てくるからね」

「そっかあ」

「ぼくは天才《てんさい》じゃないからね。中《なか》には、一回《いっかい》できる人《ひと》もいるけれど、ぼくにはひたすら練習《れんしゅう》しかないなあ。こんなことしか言《い》えなくて、ごめんね」

「ううん！　改《あらた》めて練習《れんしゅう》の大事《だいじ》さを知《し》れてよかったよ」

四季《しき》くんのアドバイスって、堅実《けんじつ》で的確《てきかく》だなあ。もっと練習《れんしゅう》しなきゃだね。


「あれ？」

最新刊《さいしんかん》の『ｃｒｅａｍ　ｓｏｄａ《クリームソーダ》』を見《み》ながら、四季《しき》くんと表情《ひょうじょう》の勉強《べんきょう》をしていたら、予告《よこく》のところに『Ｌｅｍｏｎａｄｅ《レモネード》』の広告《こうこく》が出《で》ていた。

『Ｌｅｍｏｎａｄｅ《レモネード》』は『ｃｒｅａｍ　ｓｏｄａ《クリームソーダ》』と同《おな》じ出版社《しゅっぱんしゃ》から発売《はつばい》されている男性《だんせい》

ファッション誌《し》で、【橘兄弟《たちばなきょうだい》】もモデルとして出《で》ていたりするんだ。

「次回予告《じかいよこく》のところに、優流《ゆうる》くんがいる！」

「ほんとだ」

『Lemonade《レモネード》』の広告《こうこく》に、見知《みし》った人《ひと》がいて、四季《しき》くんと顔《かお》を見合《みあ》わせる。

広瀬優流《ひろせゆうる》くんは、二葉《ふたば》くんの地元《じもと》の親友《しんゆう》で苺《いちご》ちゃんの仲間《なかま》なんだ。

「優流《ゆうる》くん、モデルになるのかあ」

「そうみたい。こないだ、出版社《しゅっぱんしゃ》のビルで見《み》かけたんだよね」

「二葉兄《ふたばにい》さんが知《し》ったら、びっくりしそう」

優流《ゆうる》くんのことだ。

きっと親友《しんゆう》の二葉《ふたば》くんと同《おな》じ世界《せかい》が見《み》たくなったんじゃないかな？

「それじゃ、ぼくは帰《かえ》るね」

「うん、ホットケーキもアドバイスもありがとう！　あ、そうだ！　洗濯物《せんたくもの》干《ほ》しおわったから、そっちの家《いえ》に運《はこ》ぶね」

「ありがとう。手伝《てつだ》うよ」

四季《しき》くんがランドリーバスケットを持《も》ってくれる。

なんとなく離《はな》れがたくて、私《わたし》も一緒《いっしょ》にとなりの家《いえ》へいこうとしたときだった。

外《そと》へ出《で》たら、デート中《ちゅう》の加恋《かれん》ちゃんと一星《いっせい》くんが手《て》をつないで歩《ある》いていくのが見《み》えたんだ。

「あ……」

釣《つ》り道具《どうぐ》を持《も》って、浜辺《はまべ》の夕日《ゆうひ》の中《なか》を二人《ふたり》が楽《たの》しそうに話《はな》しながら歩《ある》いている。

「結亜《ゆあ》ちゃん？」

四季《しき》くんの声《こえ》が聞《き》こえる。

でも、胸《むね》が痛《いた》くて、視界《しかい》がぐらぐらする。

「どうしたの？　顔色《かおいろ》が悪《わる》いよ」

「あはは、なんだろう？　練習《れんしゅう》のしすぎかな……やっぱり家《いえ》に戻《もど》るね」

「……結亜《ゆあ》ちゃん⁉」

ぐらりとよろめいた私《わたし》を、とっさに四季《しき》くんが支《ささ》えてくれた。

ふわりと春《はる》のような、さわやかな香《かお》りがする。

四季《しき》くんのにおいだ。

私《わたし》の中《なか》で四季《しき》くんは春《はる》のイメージだ。

あたたかくて、寒《さむ》い冬《ふゆ》を優《やさ》しく変《か》えていく。

名前《なまえ》は『四季《しき》』なのに、ピンクの桜《さくら》の花《はな》が咲《さ》くような笑顔《えがお》がすてきで……。

「ご、ごめんなさい」

気《き》がついたら四季《しき》くんの腕《うで》の中《なか》で、慌《あわ》てて離《はな》れる。

あまりに居心地《いごこち》がよくて、すがりそうになってしまう。

「大丈夫《だいじょうぶ》？　しばらく一緒《いっしょ》にいようか？」

「四季《しき》くん……でも、セリフおぼえなきゃだよね？」

「なら、結亜《ゆあ》ちゃんが相手役《あいてやく》になってよ」

郵　便　は　が　き

料金受取人払郵便

神田局承認

6612

差出有効期間
2025年
5月31日まで

101-8051

050

神田郵便局郵便私書箱4号

集英社みらい文庫

2025春読フェア係 行

4月刊

みらい文庫2025春読フェアプレゼント

抽選で「霧島くんは普通じゃない」限定図書カード(2,000円分) 200名に当たる!!

応募方法　このアンケートはがきに必要事項を記入し、帯の右下についている応募券を1枚貼って、お送りください。

発表:賞品の発送をもってかえさせていただきます。

しめきり:2025年5月31日(土)

ここに応募券を貼ってね!

みらい文庫
春読フェア
プレゼント
2025
応募券
250531

ご住所(〒　　－　　) ☎　　(　　)	
お名前	スマホを持っていますか? はい ・ いいえ
学年(　　年)　年齢(　　歳)	性別 (男 ・ 女 ・ その他)
この本(はがきの入っていた本) のタイトルを教えてください。	

いただいた感想やイラストを広告、HP、本の宣伝物で紹介してもいいですか?

1. 本名でOK　2. ペンネーム(　　　　)ならOK　3. いいえ

※お送りいただいた方の個人情報を、本企画以外の目的で利用することはありません。資料として処理後は、破棄いたします。
※差出有効期間を過ぎている場合は、切手を貼ってご投函ください。

これからの作品づくりの参考とさせていただきますので、下の質問にお答えください。

この本を何で知りましたか?

1. 書店で見て　2. 人のすすめ（友だち・親・その他）　3. ホームページ
4. 図書館で見て　5. 雑誌、新聞を見て（　　　　　　）
6. みらい文庫にはさみ込まれている新刊案内チラシを見て
7. YouTube「みらい文庫ちゃんねる」で見て
8. その他（

この本を選んだ理由を教えてください。（いくつでもOK）

1. イラストが気に入って　2. タイトルが気に入って　3. あらすじを読んでおもしろそうだった　4. 好きな作家だから　5. 好きなジャンルだから
6. 人にすすめられて　7. その他（　　　　　　　　）

好きなマンガまたはアニメを教えてください。（いくつでもOK）

好きなテレビ番組を教えてください。（いくつでもOK）

好きなYouTubeチャンネルを教えてください。（いくつでもOK）

好きなゲームを教えてください。（いくつでもOK）

好きな有名人を教えてください。（いくつでもOK）

この本を読んだ感想、この本に出てくるキャラクターについて自由に書いてください。イラストもOKです♪

四季《しき》くんにお願《ねが》いされて、台本《だいほん》を受《う》けとった。

そこには、立冬《りと》ちゃんの役《やく》のセリフが書《か》いてあった。

『あなたのことが、好《す》き。大好《だいす》き』

セリフなら、お芝居《しばい》なら、こんなにかんたんに言《い》えるのになあ。

「結亜《ゆあ》ちゃん、演技上手《えんぎじょうず》だね」

「え？」

気《き》がついたら、セリフを口《くち》にしていたみたいで、目《め》の前《まえ》にほおを赤《あか》くした四季《しき》くんがいた。

「あ、ちがっ！　私《わたし》っ」

「あはは、じゃあ、このシーンの練習《れんしゅう》しよう」

四季《しき》くんと二人《ふたり》、春《はる》の夜風《よかぜ》が舞《ま》いこむまで、私《わたし》たちは恋人同士《こいびとどうし》の演技《えんぎ》をしたんだ。

6 ガラスケースの向《む》こう側《がわ》

今日《きょう》は、二回目《かいめ》のダンスの合同練習《ごうどうれんしゅう》だ。

全員《ぜんいん》、春休《はるやす》みに入《はい》っているから、一緒《いっしょ》の練習《れんしゅう》の時間《じかん》もとれる機会《きかい》が多《おお》いのがありがたい。

「立冬《りと》ちゃん、すごいね。指摘《してき》したところ、全部《ぜんぶ》できてる！」

円先生《まどかせんせい》が立冬《りと》ちゃんの上達《じょうたつ》に、驚《おどろ》いて感心《かんしん》している。

「わっ！　あははっ！　転《ころ》んじゃった！」

ゆゆんちゃんがダンスの振《ふ》りをミスって転《ころ》んでも、なんだかまわりが明《あか》るくなる。

絢香《あやか》ちゃんも苺《いちご》ちゃんも、さらに完璧《かんぺき》に仕上《しあ》げてきていた。

私《わたし》も頑張《がんば》らないと！

やるぞって、気合《きあ》いを入《い》れたときだった。

スタジオの入《い》り口《ぐち》に、四季《しき》くんと一星《いっせい》くん、それから加恋《かれん》ちゃんの姿《すがた》が見《み》えたんだ。

「加恋《かれん》ちゃんと【橘兄弟《たちばなきょうだい》】だ！」

「二葉《ふたば》⁉　きてくれたの？」

ゆゆんちゃんと苺《いちご》ちゃんがいち早《はや》く反応《はんのう》する。

苺《いちご》ちゃんが二葉《ふたば》くんだと思《おも》っているのは、スケジュールの関係《かんけい》でイベントでも入《い》れかわった一星《いっせい》くんだ。

「こっちの練習終《れんしゅうお》わったから、見学《けんがく》にきたよー！」

「ぼくたちと加恋《かれん》も、イベントに出《で》るからね」

加恋《かれん》ちゃんが着《き》ているセットアップのジャージは、ラインにリボンがたくさんついていてかわいかった。

私《わたし》のと、全然《ぜんぜん》ちがうな……。

「となりのスタジオで練習《れんしゅう》してたんだけど、気《き》になっちゃって！」

「ごめんね、じゃまにならないようにするから」

四季《しき》くんが申《もう》し訳《わけ》なさそうにしていたけど、みんな大歓迎《だいかんげい》って雰囲気《ふんいき》だ。

「むしろきてくれてうれしい〜！」

「二葉《ふたば》！　頑張《がんば》るからね！」

大好《だいす》きなみんなにカッコ悪《わる》いところ、見《み》られたくないな。

「四季《しき》くん、こないだはごめんなさい」

立冬《りと》ちゃんが四季《しき》くんに話《はな》しかけた。

「立冬《りと》ちゃん？　ぼくの方《ほう》こそ、ごめんね。演技合《えんぎあ》わせられてなかったね」

「ううん、そんなこと」

ツインテールをゆらしながら、恥《は》ずかしそうに四季《しき》くんにほほえんでいる立冬《りと》ちゃんは、今《いま》までの中《なか》で一番《いちばん》かわいかった。

『Mon《モン》・STAR《スター》』の中《なか》で一番背《いちばんせ》の低《ひく》い立冬《りと》ちゃんは、女《おんな》の子《こ》らしくてかわいいんだ。

なにより、もともと大人気《だいにんき》のキッズモデルだったから、かなりの美少女《びしょうじょ》だ。

絢香《あやか》ちゃんは大人《おとな》っぽくて美《うつく》しいし、ゆゆんちゃんは今《いま》どきのキュートできれいな女《おんな》の子《こ》だ。

その中《なか》でも、立冬《りと》ちゃんはかわいさで目立《めだ》っている。

「立冬《りと》ちゃんは演技《えんぎ》がうまくて尊敬《そんけい》するよ」

「ありがとう！　私《わたし》、ずっと子役《こやく》をやってたんだ」

「無言《むごん》の演技《えんぎ》すごかったよ。黙《だま》ってるだけで、あんなに表現《ひょうげん》できるなんて、びっくりしたよ」

四季《しき》くんが、まぶしそうに立冬《りと》ちゃんをほめている。

「私《わたし》の夢《ゆめ》は、女優《じょゆう》になることだから、四季《しき》くんにそう言《い》われるとうれしいな」

「ぼくと同《おな》じ夢《ゆめ》だ！　ぼくも、将来《しょうらい》は俳優《はいゆう》になりたいんだ」

「え!?　おそろいだね！」

二人《ふたり》の夢《ゆめ》は、同《おな》じなんだ……。

同《おな》じ夢《ゆめ》について楽《たの》しそうに話《はな》している二人《ふたり》はキラキラしていて、私《わたし》だけが場《ば》ちがいだ。

（なんだか、複雑《ふくざつ》な気持《きも》ちだな……）

立冬《りと》ちゃんと四季《しき》くんって、こうやってながめてるとお似合《にあ》いな気《き》がする……。

ドラマも、きっと成功《せいこう》するんだろうな。

自分《じぶん》のことが嫌《きら》いになりそうな、そんな痛《いた》みが心《こころ》の奥《おく》で響《ひび》いた。

「えっと、練習《れんしゅう》、はじまるみたい……」

「わ！　ごめんね、結亜《ゆあ》ちゃん」

「ほんと⁉　またね、四季《しき》くん」

そんなこと言《い》われてないのに、二人《ふたり》の間《あいだ》に割《わ》って入《はい》ってしまった。

「話《はな》しこんじゃった！　結亜《ゆあ》ちゃん、呼《よ》びにきてくれてありがとう」

なにも知《し》らない立冬《りと》ちゃんに、笑顔《えがお》で感謝《かんしゃ》される。

私《わたし》、今《いま》すごくいやな子《こ》だ……。

これ、わかる。

二人《ふたり》に嫉妬《しっと》しちゃったんだ。

「ごめんね、立冬《りと》ちゃん……」

罪悪感《ざいあくかん》でいっぱいで、たまらなくなる。

「なにが？」

「おしゃべりしてるの、じゃましちゃった」

「いいよいいよ！　練習《れんしゅう》しなきゃだもんね！」

いやな顔《かお》一《ひと》つしないで、立冬《りと》ちゃんが明《あか》るく許《ゆる》してくれる。

立冬《りと》ちゃんに笑《わら》いかける四季《しき》くんを見《み》てたら、これ以上《いじょう》たえられない気持《きも》ちになってしまった……。

「はい、練習《れんしゅう》はじめるよー！」

タイミングよく、円先生《まどかせんせい》が声《こえ》をかけた。

「は、はい」

「今《いま》いきまーす！」

自分《じぶん》の立《た》ち位置《いち》について、準備《じゅんび》をする。

曲《きょく》がはじまり、私《わたし》なりにせいいっぱい踊《おど》る。

四季《しき》くんたちが見学《けんがく》しているから、頑張《がんば》らなきゃ。

「結亜《ゆあ》さん、一番《いちばん》できてない！」

苺《いちご》ちゃんから鋭《するど》い言葉《ことば》が飛《と》んできて、体《からだ》がビクッとふるえる。

「すごくできてない！　みんなと差《さ》がどんどん開《ひら》いてく！」

「えっ、……ごめん……」

「なんでなんで？　あんなにたくさん注意《ちゅうい》したのに、どうしてこんなにできないの⁉」

「………」

苺《いちご》ちゃんに詰《つ》められて、黙《だま》ってしまう。

「結亜《ゆあ》、よかったよ！　苺《いちご》、責《せ》めすぎ！」

「かわいかったけどなあ」

加恋《かれん》ちゃんと一星《いっせい》くんがかばってくれたけど、苺《いちご》ちゃんが舌打《したう》ちした。

「苺《いちご》、結亜《ゆあ》はダンス初心者《しょしんしゃ》だから、そこまで言《い》わなくても、よくない？」

絢香《あやか》ちゃんも、私《わたし》の前《まえ》に立《た》って守《まも》ってくれる。

「でも！　チームだよ？　みんなできてるのに、こんなんでいいの!?　苺《いちご》はいやだ！」

「………」

「モデルだから？　本業《ほんぎょう》はアイドルじゃないから!?　だから、できてなくても許《ゆる》されるの？　……頑張《がんば》ればできるかもしれないのに、このまま適当《てきとう》に終《お》わらすなんて絶対《ぜったい》にやだっ！」

「結亜《ゆあ》ちゃんは、適当《てきとう》にやる子《こ》じゃないよ」

今《いま》まで黙《だま》っていた四季《しき》くんが、口《くち》を開《ひら》いた。

「昨日《きのう》も遅《おそ》くまで家《いえ》で練習《れんしゅう》していたよ」

「練習《れんしゅう》するのは当《あ》たり前《まえ》のことだよ⁉　それに、練習《れんしゅう》したって、結果《けっか》が出《で》ないと意味《いみ》ないもん！」

苺《いちご》ちゃんが言《い》ってることは、もっともだ。

だからこそ、彼女《かのじょ》の言葉《ことば》がガラスの破片《はへん》のように突《つ》きささる。

「ほら、みんな！　休《やす》んでないで練習《れんしゅう》するよ！」

見《み》かねた円先生《まどかせんせい》が、前《まえ》を向《む》くように手《て》をたたいた。

「結亜《ゆあ》さんは前《まえ》よりできているよ。でも、苺《いちご》の言《い》ってることも本当《ほんとう》だよ。やれるところまで頑張《がんば》ろう！」

「は、はい！」

円先生《まどかせんせい》は笑顔《えがお》で言《い》ってくれるけど、私《わたし》は顔《かお》が悲《かな》しみに染《そ》まっていくのを止《と》められなかった。

笑顔《えがお》でいなきゃいけないのにな。

やっぱり私《わたし》、できてないんだ……。

前列《ぜんれつ》から後列《こうれつ》に回《まわ》されたのも、下手《へた》くそなのを隠《かく》すためだ。

昨日《きのう》、四季《しき》くんに励《はげ》まされて、あんなにうれしかった気持《きも》ちがしぼんでいく。

「結亜《ゆあ》さん、うつむかないで！」

「ご、ごめんなさい！」

「笑顔《えがお》！　忘《わす》れてるよ！」

「はい……」

加恋《かれん》ちゃんや一星《いっせい》くん、それに四季《しき》くんが心配《しんぱい》そうに私《わたし》を見《み》ている。

恥《は》ずかしい。

そんな顔《かお》で見《み》ないでほしい。

今《いま》のままじゃ、イベントにきてくれた私《わたし》のファンの子《こ》たちにも、同《おな》じ表情《ひょうじょう》をさせちゃうのかな？

「結亜《ゆあ》さん！　ターン逆《ぎゃく》だよ！」

「あ……」

ぼんやりして、とうとう振《ふ》りまでまちがえてしまった。

一旦《いったん》、休憩《きゅうけい》を挟《はさ》むことになる。

絢香《あやか》ちゃんが、なにか言《い》いたそうに私《わたし》のそばにこようとしたとき、苺《いちご》ちゃんに腕《うで》をつかまれてしまった。

「ねえ！　前《まえ》より悪《わる》くなってるってどゆこと⁉」

「え……」

「どんどん悪《わる》くなってく！　なんで⁉」

どうしてなのかわからないって感《かん》じで、苺《いちご》ちゃんがすごく怒《おこ》っている。

「ご、ごめんなさい……でも、私《わたし》なりに一生懸命《いっしょうけんめい》で」

「伝《つた》わらない！　わかんない！　私《わたし》に謝《あやま》っても仕方《しかた》ないし！　きてくれた人《ひと》たちに届《とど》かないよ、そんなんじゃ！」

「…………」

苺《いちご》ちゃんの顔《かお》は真剣《しんけん》だった。

ただ怒《おこ》ってるわけじゃないってことが、伝《つた》わってくる。

「一生懸命《いっしょうけんめい》？　頑張《がんば》る？　てか、当《あ》たり前《まえ》じゃん……できてないんじゃ、やったって意味《いみ》ないし！　結亜《ゆあ》さん一人《ひとり》の問題《もんだい》じゃなくて、みんなもできてなかったことになるんだよ⁉」

「つ！」

ぽろっと涙《なみだ》があふれた。

自分《じぶん》の甘《あま》さに、苦《にが》いものがこみあげてくる。

「苺《いちご》、結亜《ゆあ》さんはモデルなの。いきなり上達《じょうたつ》はしないわ」

円先生《まどかせんせい》の言葉《ことば》は、優《やさ》しいけれど、私《わたし》の心《こころ》を貫《つらぬ》いた。

絢香《あやか》ちゃんが私《わたし》のことを気《き》にして、しきりに大丈夫《だいじょうぶ》？　って言《い》ってくれる。

ゆゆんちゃんと立冬《りと》ちゃんも、みんなで頑張《がんば》ろ！　仲間《なかま》じゃん！　って、励《はげ》ましてくれた。

うれしかったけど、情《なさ》けなくてたまらない。

大好《だいす》きな同期《どうき》との初《はつ》イベントだからこそ、こんな自分《じぶん》が許《ゆる》せなかった。

休憩《きゅうけい》になり、私《わたし》だけそっとスタジオを出《で》た。

「はあ……」

なにをやってもうまくいかないなあ。

心《こころ》の痛《いた》みも、ダメな自分《じぶん》も、全部《ぜんぶ》全部《ぜんぶ》、大嫌《だいきら》いだ。

「……ふっ、ぐす。もう、やめちゃいたい……」

額《ひたい》から流《なが》れる汗《あせ》と一緒《いっしょ》に、涙《なみだ》があふれた。

「やめたいよぉ、私《わたし》なんか嫌《きら》いだ……大嫌《だいきら》いだ！」

自分《じぶん》のことを好《す》きじゃないのに、だれかに好《す》きになってもらえるわけがないよね。

ダンスの動画《どうが》をSNS《エスエヌエス》にアップしたりしてたから、なんとなくでもできるんだろうなって、甘《あま》い気持《きも》ちがあったんだ。

でも、合同練習《ごうどうれんしゅう》を通《つう》じてわかった。みんな、プロとして本気《ほんき》なんだ。

ゆゆんちゃんも立冬《りと》ちゃんも、きっとこの話《はなし》を受《う》けてから自主練《じしゅれん》を頑張《がんば》ってたんだ。

「どうしよう……イベントまで、あと少《すこ》しなのに」

「結亜《ゆあ》ちゃん⁉」

一人《ひとり》で階段《かいだん》の隅《すみ》っこで泣《な》いていたら、四季《しき》くんが見《み》つけてくれたの。

「ごめん……私《わたし》、全然《ぜんぜん》ダメだあ。たぶん、イベントで失敗《しっぱい》しちゃう……私《わたし》のせいで、みんなの足《あし》を引《ひ》っぱっちゃう」

こんなこと言《い》っても、四季《しき》くんを困《こま》らせるだけなのに、言葉《ことば》が止《と》まらない。

けど、四季《しき》くんはおだやかに私《わたし》の言葉《ことば》を受《う》けとめてくれたんだ。

「うん。わかってるなら、失敗《しっぱい》しないよ」

「え？」

優《やさ》しい素材《そざい》の白《しろ》いハンカチで、私《わたし》の涙《なみだ》で濡《ぬ》れたほおをそっとぬぐってくれた。

「そこまでわかっているなら、後《あと》は成功《せいこう》するために頑張《がんば》ればいいだけだよ。けど、わかってるからこそ、すごく苦《くる》しいよね。でも、それは『できる』の手前《てまえ》なんだよ」

「四季《しき》くん……」

四季《しき》くんに励《はげ》まされると、息《いき》をするのが楽《らく》になった。

緊張《きんちょう》して冷《ひ》えた体《からだ》に、熱《ねつ》が戻《もど》る。

「私《わたし》、今《いま》からでもうまくなれるかなあ？」

「なれるよ。直《なお》すところがあるって、レベルアップがたくさんできるチャンスだよ。なにを直《なお》すべきかわからないより、ずっといいよ」

「うん……うん……！」

四季《しき》くんの言葉《ことば》は、私《わたし》に勇気《ゆうき》をくれる。
注意《ちゅうい》されるのは怖《こわ》い。みんなの足《あし》を引《ひ》っぱっちゃうのは、心苦《こころぐる》しくてもっといやだ。
けど、後《あと》はあがるしかないって思《おも》ったら、気《き》が楽《らく》になった。
「私《わたし》、やれるだけ頑張《がんば》ってみるよ！」
「ぼくも見守《みまも》ってるから、一緒《いっしょ》に頑張《がんば》ろうね」
怒《おこ》られすぎて、自分《じぶん》は無価値《むかち》なんだって、ボロボロだった。
そんな私《わたし》を下《した》に見《み》たりとか、軽蔑《けいべつ》したりしない。
四季《しき》くんは変《か》わらず、私《わたし》にいつもの優《やさ》しい笑顔《えがお》をくれたんだ。
やめたっていいよ。
なんて、四季《しき》くんは言《い》わない。
そういう優《やさ》しさを与《あた》えてはくれない。
『一緒《いっしょ》に頑張《がんば》ろう』って、言《い》ってくれた。
逃《に》げない優《やさ》しさを、四季《しき》くんはいつもくれる人《ひと》。
だから、私《わたし》は四季《しき》くんが好《す》きなんだ。

7　私《わたし》の居場所《いばしょ》

休憩時間《きゅうけいじかん》が終《お》わりそうになり、再《ふたた》び練習《れんしゅう》に戻《もど》る。

「結亜《ゆあ》、大丈夫《だいじょうぶ》？」

「うん、ありがとう。絢香《あやか》ちゃん」

心配《しんぱい》そうに私《わたし》に話《はな》しかける絢香《あやか》ちゃんに、なんとか笑顔《えがお》で返《かえ》す。

まだ笑《わら》えるってことは、頑張《がんば》れるよね、私《わたし》。

「ねえ、あれってなにやってんの？」

「なんか、新人組《しんじんぐみ》でアイドルやるんだって」

聞《き》きおぼえのある声《こえ》がして、視線《しせん》を向《む》けたら、そこには【cream mate《クリームメイト》】の子《こ》たちがいたんだ。

【cream mate《クリームメイト》】は、『cream soda《クリームソーダ》』の専属《せんぞく》モデルオーディションに落《お》ちた子《こ》で構成《こうせい》されているんだけど、中《なか》にはそこから専属《せんぞく》モデルになった子《こ》もいたんだよ。

「うわ、夏目結亜《なつめゆあ》がいる」

「ほんとだ」

ヒソヒソと意地悪《いじわる》な声音《こわね》に、体《からだ》がビクッとなる。

(この声《こえ》、莉奈《りな》ちゃんだ……)

莉奈《りな》ちゃんは、オーディションの時《とき》に一緒《いっしょ》に受《う》けた女《おんな》の子《こ》なんだけど、いつも攻撃的《こうげきてき》で怖《こわ》いんだ。

そんな彼女《かのじょ》たちを率《ひき》いていたのは、編集《へんしゅう》の高瀬《たかせ》さんだった。

「人気《にんき》アイドルとコラボなんて、素晴《すば》らしい企画《きかく》ですね。【cream《クリーム》 mate《メイト》】の子《こ》たちにも見学《けんがく》させてあげてください」

笑顔《えがお》の高瀬《たかせ》さんを、円先生《まどかせんせい》が快《こころよ》く受《う》けいれた。

「ねえ、あの子《こ》だけ浮《う》いてない？」

「ほんとだ……あんなんでアイドルやれるのかなあ？」

練習《れんしゅう》がはじまったけれど、後《うし》ろから飛《と》んでくる莉奈《りな》ちゃんたちの声《こえ》に、自分《じぶん》のことを言《い》われてるんじゃないかって不安《ふあん》になってしまう。

「結亜《ゆあ》さん！　よそ見《み》しない」

「は、はいっ！」

円先生《まどかせんせい》に注意《ちゅうい》をされてしまった。

いけない。今《いま》は、ダンスに集中《しゅうちゅう》しないと。

四季《しき》くんに励《はげ》まされたもん。頑張《がんば》ろう！

「みんな、今《いま》のダンスをチェックするから、こっちにきて」

円先生《まどかせんせい》がテーブルにみんなを集《あつ》めて、ノートパソコンで動画《どうが》を見《み》せてくれた。

高瀬《たかせ》さんも【ｃｒｅａｍ ｍａｔｅ《クリームメイト》】の子《こ》たちも動画《どうが》を見《み》はじめた。

（ああ、いやだな……私《わたし》、さっきたくさんミスしたから、こんな動画見《どうがみ》られたくないよ）

いやすぎて、体《からだ》が冷《つめ》たくなっていくのを感《かん》じる。

「うわ、夏目結亜《なつめゆあ》だけできてないじゃん！」

「……所作《しょさ》も雑《ざつ》だし、全体的《ぜんたいてき》に乱暴《らんぼう》に見《み》えるね」

オーディションで一緒《いっしょ》だった汐《うしお》さんに、的確《てきかく》に指摘《してき》されて、心《こころ》がズキッとする。

汐《うしお》さんの特技《とくぎ》は日舞《にちぶ》だってオーディションのときに言《い》っていた。彼女《かのじょ》の目《め》から見《み》ても、私《わたし》のダンスってひどいものなのかな……。

「こいつさえいなかったら、めっちゃレベルあがりそうじゃない？」

莉奈《りな》ちゃんが、私《わたし》の振《ふ》りをさっと踊《おど》ってみせた。

「莉奈《りな》ちゃん、うまいね！」

「私《わたし》、ヒップホップ習《なら》ってるんです！」

そんな莉奈《りな》ちゃんに、高瀬《たかせ》さんが驚《おどろ》いている。

「結亜《ゆあ》さんは次《つぎ》、見学《けんがく》で。あなた、莉奈《りな》さん？　結亜《ゆあ》さんのダンスパートはできそう？」

「は、はい！　かんたんなんで、大体《だいたい》は頭《あたま》の中《なか》に入《はい》ってます」

「じゃあ、結亜《ゆあ》さんの代役《だいやく》を今《いま》からやってもらえる？」

思《おも》いがけない円先生《まどかせんせい》の言葉《ことば》に、私《わたし》の体《からだ》が固《かた》まってしまう。

「もちろんです！　きゃー！　やったやった！」

円先生《まどかせんせい》からの指名《しめい》に、莉奈《りな》ちゃんが飛《と》びはねて喜《よろこ》んでいる。

ショックで言葉《ことば》が出《で》ない私《わたし》に、円先生《まどかせんせい》がほほえんで説明《せつめい》した。

「客観的《きゃっかんてき》に自分《じぶん》の振《ふ》りを見《み》たら、かなり学《まな》べると思《おも》うわ。莉奈《りな》さんの立《た》ち位置《いち》やまわりとの距離感《きょりかん》をよく見《み》ててね」

「は、はい……」

「くす」

莉奈《りな》ちゃんが、見下《みくだ》したように私《わたし》を見《み》て笑《わら》った。

曲《きょく》がはじまる。私《わたし》の居場所《いばしょ》だったのに、今《いま》は莉奈《りな》ちゃんが立《た》っている。

莉奈《りな》ちゃんのダンスもうまいけど、表情管理《ひょうじょうかんり》もすごい。

ムッとした表情《ひょうじょう》をしたかと思《おも》ったら、パッと花《はな》が咲《さ》いたようなかわいらしい笑顔《えがお》になったり、腕組《うでぐ》みをする振《ふ》りのところで片目《かため》をつぶったり、とにかく目《め》が離《はな》せなかった。

しかも、莉奈《りな》ちゃんのダンスは、まわりをサポートしているようにも見《み》える。

背中合《せなかあ》わせになったとき、絢香《あやか》ちゃんを引《ひ》きたてるようにすっと退《ひ》いたり、自分《じぶん》の番《ばん》になったら最大限《さいだいげん》に体《からだ》を大《おお》きく見《み》せたり……。

振《ふ》りがわからなくても、アドリブでまわりに合《あ》わせたり、ミスしても安心感《あんしんかん》がすごかった。

みんなも、なんだかやりやすそうだ。

莉奈《りな》ちゃんのダンスは、私《わたし》に足《た》りないものだらけだった。

円先生《まどかせんせい》の言《い》うとおり、学《まな》べることがたくさんあった。

でも、つらくて、しんどくて、心《こころ》が壊《こわ》れそうだ。

「莉奈《りな》ちゃん、すごい！　アイドル向《む》いてるんじゃない⁉」

「まーね。ジュニアアイドルやってたし」

ゆゆんちゃんの莉奈《りな》ちゃんをほめる悪気《わるぎ》ない言葉《ことば》が、私《わたし》なんかいらないよって言《い》ってるみたいで、勝手《かって》に悲《かな》しくなってしまう。

「莉奈《りな》さん、モデルやめてアイドルする？」

「いや！　私《わたし》はモデルになりたいの！」

「きゃははは！」

苺《いちご》ちゃんもうれしそうに莉奈《りな》ちゃんに抱《だ》きついている。

莉奈《りな》ちゃんがほめられるたび、心《こころ》が痛《いた》くなる。

「……うう……」

泣《な》いちゃダメだって、わかってる。

自分《じぶん》の居場所《いばしょ》がとられてしまったこと、大事《だいじ》な仲間《なかま》たちの足《あし》を引《ひ》っぱっていることがなにより悔《くや》しくて、涙《なみだ》が止《と》まらない。

「結亜《ゆあ》!?」

まっ先《さき》に、絢香《あやか》ちゃんが駆《か》け寄《よ》ってきてくれた。

「なにを泣《な》いてるの？　どうしたの？」

「ごめ、ごめんなさい……できてなくて、足引《あしひ》っぱっちゃって、ごめんね……うう、ひっく」

「結亜《ゆあ》ちゃん、大丈夫《だいじょうぶ》だよ！　がんばろ！」

「結亜《ゆあ》、できるよ！　泣《な》かないで！」

立冬《りと》ちゃんもゆゆんちゃんも励《はげ》ましてくれたけど、みんなの優《やさ》しさがうれしくて、だからこそ自分《じぶん》が情《なさ》けなかった。

「うわ……最低《さいてい》。泣《な》いて同情引《どうじょうひ》くのかよ。そんなヒマあったら練習《れんしゅう》しろよな」

莉奈《りな》ちゃんが去《さ》り際《ぎわ》に、私《わたし》にだけ聞《き》こえる小《ちい》さな声《こえ》でぼそりとつぶやいた。

「ごめ、なさい……ごめん……」

できないよ……みんなと踊《おど》るのが怖《こわ》いよ。

その日《ひ》、私《わたし》はみんなのダンスを見学《けんがく》することしかできなかったんだ。

8 恋《こい》の種《たね》

次《つぎ》の日《ひ》、朝早《あさはや》く一人《ひとり》でスタジオにいったんだ。

円先生《まどかせんせい》にお願《ねが》いして、イベント前《まえ》はいつでも空《あ》いているスタジオを使《つか》っていいことになったの。

「えらいぞ、頑張《がんば》ってね！」

円先生《まどかせんせい》は厳《きび》しいけど、明《あか》るくてとても優《やさ》しいなあ。

昨日《きのう》は、お風呂《ふろ》でもベッドの中《なか》でも、たくさん泣《な》いてしまったなあ。

莉奈《りな》ちゃんのことはショックだったけれど、そのぶん、たくさん学《まな》ぶことがあった。

改善点《かいぜんてん》をたくさん見《み》つけられたし、莉奈《りな》ちゃんが踊《おど》ってくれたからこそ、見習《みなら》うべきいいところもいっぱい見《み》えた。

「よし、頑張《がんば》るぞっ！」

大《おお》きな声《こえ》を出《だ》して強《つよ》がってみたけど、鏡《かがみ》の中《なか》の私《わたし》は今《いま》にも泣《な》きだしそうな顔《かお》をしていた。

ダメダメ！　笑顔《えがお》笑顔《えがお》。

きてくれた人《ひと》たちに、こんな顔見《かおみ》せられないよ。

前《まえ》に招待《しょうたい》された苺《いちご》ちゃんの所属《しょぞく》する『あみゅれっと』のライブを思《おも》いだす。

楽《たの》しんでほしい！　って気持《きも》ちがあふれるパフォーマンスで、ファンのみんなも最高《さいこう》に楽《たの》しんでいた、いいライブだったんだ。

私《わたし》も、あんな風《ふう》にだれかを楽《たの》しませたいな。

そう思《おも》ったら、自然《しぜん》と笑顔《えがお》になれそうな気《き》がした。

「うん！　やれそう」

ニコッと、鏡《かがみ》の中《なか》の自分《じぶん》が笑《わら》う。

となりに人《ひと》がいないのもあって、みんなと練習《れんしゅう》していたときより、動《うご》けてる気《き》がする。

とは言《い》っても、まだまだだけどね……。

円先生《まどかせんせい》や苺《いちご》ちゃんがくれたアドバイスを思《おも》いだして、気《き》をつけながら踊《おど》ってみた。

毎回《まいかい》スマホでダンスの動画《どうが》を撮《と》って、何度《なんど》も見返《みかえ》す。

最初《さいしょ》は恥《は》ずかしくて見《み》るのもしんどかったけど、だんだんなれてきたんだ。

悪《わる》いところが見《み》つかると直《なお》すことができるし、次《つぎ》に見《み》たらよくなっているからうれしくなるんだ。

夢中《むちゅう》で練習《れんしゅう》をしていたら、いつの間《ま》にか夕方《ゆうがた》になっていた。

「やば！　そろそろ帰《かえ》らないと」

スタジオを使《つか》っていい時間《じかん》いっぱい練習《れんしゅう》したら、帰宅《きたく》するつもりだったけど、あっという間《ま》だったなあ。

朝《あさ》からずっと練習《れんしゅう》してたから、お腹《なか》もすいていた。

私服《しふく》に着替《きが》え終《お》わり、帰《かえ》り支度《じたく》をする。

(うう、暗《くら》い鏡《かがみ》ばりのスタジオって、怖《こわ》いなあ)

練習《れんしゅう》に集中《しゅうちゅう》してたときは思《おも》わなかったけど、がらんとした薄暗《うすぐら》いスタジオはなんだか怖《こわ》かった。

鏡《かがみ》に映《うつ》る自分《じぶん》にさえ、ビクッとしてしまう。

は、早《はや》く家《いえ》に帰《かえ》ろう。怖《こわ》すぎる！

あわあわしながら、荷物《にもつ》をまとめる。

そのとき、後《うし》ろに人影《ひとかげ》が映《うつ》ったんだ。

「きゃあああっ⁉　お化《ば》け！」

「え？　どこに⁉」

「……へ？」

反射的《はんしゃてき》に思《おも》いきり叫《さけ》んだ私《わたし》の前《まえ》に、驚《おどろ》いた表情《ひょうじょう》の四季《しき》くんが立《た》っていた。

「四季《しき》くん⁉　どうしてここに？」

「編集部《へんしゅうぶ》で撮影《さつえい》があったんだ。結亜《ゆあ》ちゃん、自主練《じしゅれん》するって言《い》ってたでしょ？　近《ちか》くのスタジオにいるって聞《き》いたから、一緒《いっしょ》に帰《かえ》ろうって呼《よ》びにきたんだよ」

「そっかぁ……」

ヘナヘナとその場《ば》にくずおれる私《わたし》を、四季《しき》くんが慌《あわ》てて助《たす》けおこしてくれた。

「ごめんごめん。びっくりさせちゃったね」

「私《わたし》の方《ほう》こそ、叫《さけ》んじゃってごめんね」

「練習《れんしゅう》、どうだった？」

「ん……」

曖昧《あいまい》な返事《へんじ》をする私《わたし》に、四季《しき》くんはそれ以上《いじょう》なにも聞《き》いてこなかった。

「ねえ、結亜《ゆあ》ちゃん。この後《あと》、少《すこ》し寄《よ》り道《みち》していかない？」

スタジオを出《で》たら、東京《とうきょう》の街明《まちあ》かりが飛《と》びこんできた。

色《いろ》とりどりの街《まち》は目《め》にも鮮《あざ》やかで、海《うみ》と山《やま》ばかりの地元《じもと》とは、またちがう美《うつく》しさがあった。

「いく！」

「ふふ、うん。いこう」

四季《しき》くんに手《て》をにぎられる。

今《いま》はその手《て》の温《ぬく》もりがうれしかった。

「わあ、かわいい……」

四季《しき》くんがつれていってくれたのは、原宿《はらじゅく》のファッションビルだった。

夢《ゆめ》みたいにかわいいフリルとリボンがあしらわれたお洋服《ようふく》や、樹脂《じゅし》やラメを使《つか》ったアクセサリーを売《う》ってるお店《みせ》とか、アイスクリームがモチーフのお化粧品屋《けしょうひんや》さんとかがあって、とにかく楽《たの》しくて仕方《しかた》なかった。

お金《かね》はないから、見《み》ることしかできないけれど、いるだけでワクワクが止《と》まらない！

楽《たの》しくて心《こころ》が躍《おど》るようだ。

歩《ある》けば歩《ある》くほど、おもしろくてかわいいお店《みせ》がたくさんあらわれる。それがこのビルの最上階《さいじょうかい》まで続《つづ》くなんて驚《おどろ》きだ。

私《わたし》の住《す》んでいる田舎町《いなかまち》では、ショッピングができるビルは二階建《かいだ》てだから大《おお》ちがいだ。

「ねえねえ！　水色《みずいろ》の口紅《くちべに》があるよ！　つけたらどんなふうになるんだろう？」

「ほんとだ。ゼリーみたいだね」

ディスプレイされていた口紅《くちべに》は透明《とうめい》な水色《みずいろ》で、ピンクのラメ入《い》りでかわいかった。

口紅《くちべに》って、ピンクや赤色《あかいろ》のイメージだったから、水色《みずいろ》があるなんて驚《おどろ》きだよ！

「わ！　あのお洋服《ようふく》、苺《いちご》ちゃんが着《き》てるやつだ」

「ほんとだ。こないだ着《き》てたね」

「ひえ！　すごいお高《たか》い！」

ハート形《がた》のレースがめずらしい、黒《くろ》とピンクのドレスのようなワンピースはとてもキュートで憧《あこが》れちゃうけど、私《わたし》には似合《にあ》いそうにない。けど、かわいいなって思《おも》うし、着《き》てみたいなって思《おも》う。

だから、値段《ねだん》を確認《かくにん》してしまったんだけど、私《わたし》の普段着《ふだんぎ》の十倍《ばい》の金額《きんがく》だった。

「ここのビルのお洋服《ようふく》もアクセサリーも、コスメも、いつかつけてみたいなあ」

「結亜《ゆあ》ちゃんなら、似合《にあ》うよ」

ショップの間《あいだ》にところどころにあるカフェもかわいかった。

宝石《ほうせき》みたいなケーキや、美術品《びじゅつひん》みたいに美《うつく》しいパフェがガラスケースに並《なら》べてあった。

お店《みせ》に入《はい》るのは怖《こわ》いし、お金《かね》がない私《わたし》が入《はい》るのは迷惑《めいわく》になっちゃうから気《き》が引《ひ》けるけれど、店員《てんいん》のお姉《ねえ》さんたちもきれいな人《ひと》だらけで、本当《ほんとう》に楽《たの》しい。

なにもかもにドキドキして、ときめいてしまう。

どこからか、香水《こうすい》のいいにおいがすると思《おも》ったら、石鹸《せっけん》や入浴剤《にゅうよくざい》のお店《みせ》で、心《こころ》が弾《はず》んだ。

「四季《しき》くん！　この香《かお》り、なんの香《かお》りだと思《おも》う？」

「うーん？　ラベンダーかな？」

「いいにおいだねえ。あ！　あれは？　あれはなに？」

ガラスビンの中《なか》に、色《いろ》とりどりの液体《えきたい》が閉《と》じこめられている棚《たな》が目《め》を引《ひ》いた。

「シャワージェルって書《か》いてあるね」

「魔法使《まほうつか》いが持《も》っているビンみたいだね」

「ふふ、そうだね」

地元《じもと》の海《うみ》も空《そら》も大好《だいす》きだけど、都会《とかい》はかわいいと夢《ゆめ》が詰《つ》まっていて楽《たの》しいなあ。

「結亜《ゆあ》ちゃん、お腹《なか》すかない？」

四季《しき》くんにたずねられたら、急《きゅう》にお腹《なか》が鳴《な》りだした。

「お腹《なか》すいた〜！」

朝《あさ》から練習《れんしゅう》を頑張《がんば》ったせいか、いつもよりお腹《なか》がすいている気《き》がする。

「あはは、そこでクレープ食《た》べない？」

「クレープ!?　食《た》べたいっ！」

大《おお》はしゃぎする私《わたし》を見《み》て、さっきから四季《しき》くんが笑《わら》っている。

でも、いやな感《かん》じは全然《ぜんぜん》しなくて、となりで笑《わら》ってくれているのがうれしい。

二人《ふたり》でクレープ屋《や》さんの列《れつ》に並《なら》ぶ。

待《ま》っている間《あいだ》、かわいいメイドさんみたいな制服《せいふく》を着《き》た店員《てんいん》さんが、メニューを渡《わた》してくれた。

イチゴにレモン、チョコレート、プリンやチーズケーキのクレープとか、おいしそうな組《く》み合《あ》わせが五十種類《しゅるい》以上《いじょう》あって、すっごく迷《まよ》ってしまう。

でも、一番《いちばん》いいなって思《おも》ったのは、イチゴと生《なま》クリームがフリルみたいに重《かさ》なっているショートケーキがモチーフのクレープだった。

「私《わたし》、ショートケーキのクレープにする！　四季《しき》くんは？」

「ぼくは、シュガーバターのクレープにしようかな」

「ほんとは五《いつ》つくらい食《た》べたい！」

「あはは！　でもわかるなあ」

二人《ふたり》であれもよかったとか、今度《こんど》はこれが食《た》べたいとかおしゃべりしていたら、いつの間《ま》にか順番《じゅんばん》がきていた。

二人《ふたり》で仲良《なかよ》くクレープを注文《ちゅうもん》する。

「二《ふた》つで千《せん》二百円《ひゃくえん》です」

「はい、二千円《せんえん》でお願《ねが》いします」

四季《しき》くんがお金《かね》を払《はら》ってしまった！

「四季《しき》くん、私《わたし》のぶんは後《あと》から払《はら》うね」

「いいよいいよ。結亜《ゆあ》ちゃん、頑張《がんば》ったんだからご馳走《ちそう》させてよ」

「でも……」

おごってもらうのが、すごく申《もう》し訳《わけ》ない。

四季《しき》くんはお金《かね》を受《う》けとってくれなかったから、飲《の》み物《もの》は私《わたし》が買《か》うことにしたんだ。

ご馳走《ちそう》してもらうのはうれしいけれど、私《わたし》もそれ以上《いじょう》にお返《かえ》しをしたい。

「彼氏《かれし》、カッコいいね！」

「え!?」

「彼氏《かれし》さんも、かわいい彼女《かのじょ》でうらやましい〜。お似合《にあ》いだね！」

「ありがとうございます」

「四季《しき》くん!?」

クレープを焼《や》いてくれた金髪《きんぱつ》のギャル風《ふう》なお姉《ねえ》さんに、笑《わら》いながらからかわれてしまう。

友《とも》だち同士《どうし》だし、四季《しき》くんは私《わたし》の憧《あこが》れの男《おとこ》の子《こ》だ。

否定《ひてい》しなきゃいけないんだけど、遊園地《ゆうえんち》にいるときみたいな楽《たの》しい気持《きも》ちが、夢《ゆめ》を見《み》てもいいのかな？　って思《おも》わせる。

手渡《てわた》された焼《や》きたてのクレープは、レースペーパーに包《つつ》まれていて全部《ぜんぶ》がオシャレでかわいかった。

「おいしい〜！　外《そと》がパリパリで、中《なか》がもちもちしてる！」

「ぼくのも食《た》べる？」

「いいの!?　私《わたし》のも食《た》べて食《た》べて！」

クレープを割《わ》ってあげようかな？　って思《おも》っていたら、四季《しき》くんがぱくりと私《わたし》のクレープを一口《ひとくち》食《た》べてしまった。

「ん、おいしい。結亜《ゆあ》ちゃんも、はい」

「う、うん」

ドキドキしながら、四季《しき》くんの手《て》にあるクレープをぱくっと食《た》べる。

バターと焦《こ》げたお砂糖《さとう》の甘《あま》さがキャラメルみたいで、とてもおいしかった。

POP

「おいし！」

「ふふ、あはは、結亜《ゆあ》ちゃん、かわいい」

笑《わら》いがおさえられないって感《かん》じで、四季《しき》くんが笑《わら》った。それにつられて私《わたし》も笑《わら》ってしまう。

クレープの食《た》べあいっこをしながら、夕方《ゆうがた》の原宿《はらじゅく》の雑踏《ざっとう》を歩《ある》く。

みんな楽《たの》しそうで、お祭《まつ》りの中《なか》にいるみたいだ。

春休《はるやす》みのせいか、みんなどこかうれしそうで、こっちもうれしくなってくる。

「うえ――ん！」

私《わたし》たちが雑踏《ざっとう》の中《なか》を歩《ある》いていると、五歳《さい》くらいの小《ちい》さな女《おんな》の子《こ》が泣《な》いていた。

「どうしたの？　迷子《まいご》？」

すぐに四季《しき》くんが駆《か》け寄《よ》っていく。

しゃがんで、女《おんな》の子《こ》と同《おな》じ目線《めせん》になる。

「ふええ、ひっく……えっとね、ママとパパ、いなくなっちゃったの」

大《おお》きな目《め》に涙《なみだ》をいっぱいためながら、女《おんな》の子《こ》がつっかえつっかえ、四季《しき》くんに説明《せつめい》しはじめた。

「そっか。一緒《いっしょ》にさがそっか」

四季《しき》くんは自分《じぶん》のハンカチで女《おんな》の子《こ》の涙《なみだ》をぬぐうと、女《おんな》の子《こ》を抱《だ》っこした。

「ごめんね、結亜《ゆあ》ちゃん。この子《こ》のパパとママさがしてもいい？」

「もちろんだよ！」

歩《ある》きまわる方《ほう》が混乱《こんらん》するかな？　と思《おも》い、その場《ば》にいると、すぐに女《おんな》の子《こ》をさがしていたパパが見《み》つかった。

何度《なんど》も何度《なんど》も頭《あたま》を下《さ》げている女《おんな》の子《こ》のパパのとなりで、うれしそうに四季《しき》くんにバイバイをする女《おんな》の子《こ》はとてもかわいかった。

「家族《かぞく》っていいね」

「うん……」

私《わたし》もパパにデパートにつれていってもらったとき、おもちゃ屋《や》さんに夢中《むちゅう》になって迷子《まいご》になったっけ。

あのときも、あの子《こ》のパパみたいに、パパが必死《ひっし》でさがしてくれたなあ。

それから、竹下通《たけしたどお》りの色《いろ》とりどりのかわいいお店《みせ》を見《み》たり、二人《ふたり》でプリを撮《と》ったりして楽《たの》しい時間《じかん》はあっという間《ま》だった。

「四季《しき》くん、ありがとう……私《わたし》、元気出《げんきで》たよ」

楽《たの》しいからこそ、頑張《がんば》らなきゃって思《おも》えた。

落《お》ちこんでるのって、楽《たの》しいと同《おな》じように伝染《でんせん》しちゃう気《き》がする。

ステージに立《た》つのに、私《わたし》が悲《かな》しそうにしてたらきてくれた人《ひと》にも伝《つた》わってしまうよね。

ここにつれてきてもらったおかげで、乗《の》りこえなきゃいけない課題《かだい》が見《み》えてきたような気《き》がする。

「私《わたし》、ダメダメだけど、あきらめたくないの。ダメだからこそ、練習頑張《れんしゅうがんば》りたいんだ」

静《しず》かに聞《き》いてくれる四季《しき》くんは、やっぱり私《わたし》の憧《あこが》れの王子様《おうじさま》だ。

「失敗《しっぱい》してもね、一生懸命《いっしょうけんめい》なことが伝《つた》わればいいんだよ。上手《じょうず》なものが見《み》たい人《ひと》だっているけれど、頑張《がんば》ってる姿《すがた》を見《み》るのが好《す》きな人《ひと》もたくさんいるよ」

「そうかな」

「そうだよ」

「なら、そうかも⁉」

四季《しき》くんがとろけるように優《やさ》しく笑《わら》ってくれるから、泣《な》いてしまいそうになる。

でも、うれしいから、笑顔《えがお》で返《かえ》すことができたんだ。

「これ、もらって」

四季《しき》くんから渡《わた》されたのは、小《ちい》さな包《つつ》み紙《がみ》だった。

開《あ》けると、中身《なかみ》はピンク色《いろ》の透明《とうめい》な樹脂《じゅし》でできた、キラキラのオーロララメが入《はい》ったメリーゴーランド形《がた》のイヤリングだった。

「かわいい！」

「高《たか》いものじゃないけど、さっきのお店《みせ》で見《み》て、似合《にあ》いそうだなって思《おも》って、こっそり買《か》ってたんだ」

「わあ……」

私《わたし》、あのかわいいビルの一部《いちぶ》がほしかった。

あの中《なか》のかわいさのカケラをもらえたことが、すごくすごくうれしい。

「いつかね、あの中《なか》のものを全部《ぜんぶ》あげたいって思《おも》ったよ」

「ううん。私《わたし》、このイヤリングが一番《いちばん》好《す》き！」

泣《な》かないって思《おも》ったけど、笑顔《えがお》なのに泣《な》けてしまった。

うれしくて泣《な》くのは、いいかなあ。

せっかくの四季《しき》くんの笑顔《えがお》が涙《なみだ》でぼやけてしまったけど、うれしくて仕方《しかた》なかった。

9 四月《しがつ》の海《うみ》はきっと

帰宅《きたく》して、私《わたし》は四季《しき》くんからもらったイヤリングをつけた。

キラキラ光《ひか》る透明《とうめい》なピンクのイヤリングは、今日《きょう》楽《たの》しかったこと、見《み》るもの全部《ぜんぶ》かわいかったこと、そして四季《しき》くんの優《やさ》しさでできているみたいだ。

「頑張《がんば》るぞ！」

私《わたし》は姿見《すがたみ》を前《まえ》にして、自分《じぶん》の動《うご》きをチェックしながら踊《おど》った。

「はあ、はあ……」

額《ひたい》から流《なが》れた汗《あせ》が、顎先《あごさき》へと落《お》ちていく。

けれど、ぬぐっているヒマも惜《お》しい。

このまま踊《おど》りつづけたら、その先《さき》にある『できる』をつかめそうな気《き》がして休《やす》むことができない。

苦《くる》しいし、へこたれそうになるけど、練習《れんしゅう》を止《や》めることはできなかった。


とにかく、朝起《あさお》きたら、やらなきゃって思《おも》えたんだ。

それは、モデルの仕事《しごと》をしてて学《まな》んだことでもあるんだ。

どんなに無理《むり》なことに思《おも》えても、やらなきゃはじまらないんだ。

「……あれ？」

朝一番《あさいちばん》の電車《でんしゃ》できたはずなのに、もう先《さき》にだれかがスタジオを使《つか》っているみたいだ。

だれだろう？　と、思《おも》って、そっとスタジオの廊下《ろうか》の窓《まど》からのぞくと、そこには苺《いちご》ちゃんがいたんだ。

「……っ、はっ、はっ」

何度《なんど》も何度《なんど》も同《おな》じステップを踏《ふ》んだり、納得《なっとく》いくまでやりなおしたりしている。

（え？　苺《いちご》ちゃんの振《ふ》り、私《わたし》のパートだ!?　……私《わたし》だけじゃない!?　他《ほか》のみんなの振《ふ》りも踊《おど》ってる）

苺《いちご》ちゃんは、私《わたし》たちの振《ふ》りを完《かん》コピしていて、立《た》ち位《い》置《ち》の補《ほ》正《せい》をしてくれていたんだ。

「ふ、はあ……」

苺《いちご》ちゃんの小《ちい》さな体《からだ》に、たくさん汗《あせ》が流《なが》れている。

それくらい、大変《たいへん》な作業《さぎょう》だ。

（苺《いちご》ちゃん、すごい……あんなに努力《どりょく》してたんだ）

苺《いちご》ちゃんの言葉《ことば》の意味《いみ》が、ようやくわかった気《き》がした。

練習《れんしゅう》のじゃまになってしまうから、声《こえ》をかけずにこのまま去《さ》ろうとしたときだった。

突然《とつぜん》、苺《いちご》ちゃんが胸《むね》をおさえて、苦《くる》しそうにひざをついた。

「苺《いちご》ちゃんっ!?」

うずくまる苺《いちご》ちゃんに、とっさに駆《か》け寄《よ》る。

「はあ、はあっ……はあ……」

浅《あさ》い息《いき》を繰《く》りかえしていて、とてもつらそうだ。

「……あれ、とって……」

苺《いちご》ちゃんがふるえながらしめした指《ゆび》の先《さき》には、ピンク色《いろ》のポーチがあった。

「こ、これ？」

ポーチをすばやくとり、慌《あわ》てて渡《わた》す。

「……うう、はあ、はあ……」

ポーチから錠剤《じょうざい》をとりだした苺《いちご》ちゃんは、そのままお薬《くすり》を飲《の》もうとした。

持《も》っていたお水《みず》の入《はい》ったペットボトルを、すばやく差《さ》しだす。

「お水《みず》だよ！　飲《の》んで……！」

「…………ん」

まっ青《さお》な顔色《かおいろ》をした苺《いちご》ちゃんはうなずいて、お水《みず》でお薬《くすり》を飲《の》んでくれた。

「私《わたし》、だれか呼《よ》んでくるね！」

「ダメ！」

助《たす》けを呼《よ》びにいこうとしたら、大《おお》きな声《こえ》で止《と》められてしまった。

こんなにつらそうなのに、大《おお》きな声《こえ》を出《だ》させてしまったことに、罪悪感《ざいあくかん》をおぼえる。

「わ、わかったよ！　とりあえず、横《よこ》になって……」

しがみついてくる苺《いちご》ちゃんを、なんとかなだめて床《ゆか》に寝《ね》かせる。

小《ちい》さい体《からだ》の苺《いちご》ちゃんは、なんだか儚《はかな》くて、今《いま》にも消《き》えてしまいそうだ。

なんとかしてあげたくて、ひざ枕《まくら》をする。

「……結亜《ゆあ》さん、優《やさ》しーね……」

「え？」

「いやなこと、……たくさん言《い》って、ごめんね……」

「そんなことないよ！」

苺《いちご》ちゃんの声《こえ》はか細《ぼそ》くて、いつもの元気《げんき》が見当《みあ》たらない。

「……こんなお姉《ねえ》ちゃんが、苺《いちご》にもいたらな……」

苦《くる》しさと、お薬《くすり》のせいで朦朧《もうろう》としてるのかな？

そのまま、すうすうと眠《ねむ》ってしまった。

怖《こわ》い苺《いちご》ちゃん、頑張《がんば》り屋《や》の苺《いちご》ちゃん。

そして、かわいくて弱《よわ》い苺《いちご》ちゃん。

どれが本当《ほんとう》の苺《いちご》ちゃんなんだろう？

天使《てんし》のような寝顔《ねがお》を見《み》て、つい頭《あたま》をなでたら、仔猫《こねこ》のように擦《す》り寄《よ》ってきた。

息《いき》もだいぶ安定《あんてい》してきたみたいで、顔色《かおいろ》もよくなってきてホッとする。

（苺《いちご》ちゃんの心臓《しんぞう》の病気《びょうき》って、完治《かんち》したんだよね？）

前《まえ》に話《はな》していたことを思《おも》いだす。

心臓《しんぞう》に持病《じびょう》があるけど、本当《ほんとう》は完治《かんち》したんだって。

ならどうして、苺《いちご》ちゃんは心臓《しんぞう》をおさえて苦《くる》しそうにしてたのかな……。

わからないまま、私《わたし》は苺《いちご》ちゃんが落《お》ちつくまで彼女《かのじょ》のそばにいたんだ。

ふるりと長《なが》いまつ毛《げ》がふるえて、まぶたが開《ひら》いた。苺《いちご》ちゃんが、目《め》を覚《さ》ましたんだ。

「苺《いちご》ちゃん、大丈夫《だいじょうぶ》？」

「ん……ごめんね……私《わたし》の心臓病《しんぞうびょう》、完全《かんぜん》には治《なお》ってないの……無理《むり》したらこうなっちゃう」

私《わたし》の腕《うで》の中《なか》にまだいてくれる苺《いちご》ちゃんは、いつもの彼女《かのじょ》に戻《もど》りつつあった。

「なんで、私《わたし》に治《なお》ったたって言《い》ったの？」

「悔《くや》しいから！　健康《けんこう》な子《こ》に負《ま》けたくないから！　……二葉《ふたば》に、元気《げんき》な女《おんな》の子《こ》って、思《おも》われたいから……ぐす……うええんっ！」

わんわん泣《な》いている苺《いちご》ちゃんを、ぎゅっと抱《だ》きしめる。

「そうだね。その気《き》持《も》ち、わかるよ」

「うわああんっ！」

泣《な》いている苺《いちご》ちゃんの頭《あたま》をなでる。

好《す》きな人《ひと》に、よく思《おも》われたいのは、私《わたし》だって同《おな》じだ。

五《いつ》つ子《ご》のことは大《だい》好《す》きだ。

私《わたし》が初《はじ》めて意《い》識《しき》をした、となりに引《ひ》っ越《こ》してきた男《おとこ》の子《こ》たち。

まだ、恋《こい》とか愛《あい》とかわからないけれど、きっと、私《わたし》のこの気《き》持《も》ちは、恋《こい》の種《たね》なんだ。

苺《いちご》ちゃんが、スマホでマネージャーさんを呼《よ》んだ。

すぐにきてくれたマネージャーさんは、優《やさ》しそうな女《じょ》性《せい》だった。

マネージャーさんは病《びょう》気《き》のことをわかってるみたいで、苺《いちご》ちゃんをすぐに病《びょう》院《いん》につれていってくれることになった。

好《す》きってすごいな……私《わたし》は、二《ふた》葉《ば》くんに告《こく》白《はく》されて、憧《あこが》れていた四《し》季《き》くんにときめいて、一星《いっせい》くんのことを見《み》ていると苦《くる》しくなって……。

恋愛《れんあい》って、勉強《べんきょう》よりむずかしい。


あれから毎日練習《まいにちれんしゅう》は続《つづ》いた。

みんなで一緒《いっしょ》にそろって練習《れんしゅう》する機会《きかい》はあまりなかったけれど、私《わたし》だけできていないから、練習《れんしゅう》には毎日通《まいにちかよ》っているんだ。

帰《かえ》り道《みち》、海辺《うみべ》を歩《ある》く。

苺《いちご》ちゃんのことがあってから、私《わたし》はどんなに注意《ちゅうい》をされても、頑張《がんば》ることができた。

あの姿《すがた》を見《み》たら、自分《じぶん》がいかに甘《あま》かったか思《おも》いしった。

苺《いちご》ちゃんは具合《ぐあい》が悪《わる》いのに、お薬《くすり》を飲《の》んでまで頑張《がんば》っていた。

それは、イベントでファンに楽《たの》しんでもらうためだ。

今日《きょう》は歌《うた》のレッスンだったけど、死《し》ぬ気《き》で頑張《がんば》って練習《れんしゅう》したせいかダンスよりは注意《ちゅうい》されなかった。

小《ちい》さい頃《ころ》から歌《うた》うことが好《す》きで、ママと歌《うた》ったり、カラオケによくいったりしてたからかな？

それに、私《わたし》は体力《たいりょく》があるから、ダンスをしながら歌《うた》うことはなれればかなりできたんだ。

「はあ、イベント、なんとかなりそうな気《き》がしてきたあ」

だれも見《み》ていないのをいいことに、浜辺《はまべ》で歌《うた》いながら、ステップを刻《きざ》んだ。

チャールストンというステップで、私《わたし》はこれが苦手《にがて》でいつも手《て》こずるんだ。

内股《うちまた》から外股《そとまた》に足《あし》をあげて、前後《ぜんご》に二歩《ほ》ずつステップを踏《ふ》むんだけど、これをすばやくやらなきゃいけなくて、すんごい苦手《にがて》なの！

でも、できるとかなりカッコいいし、曲《きょく》にもあっててかわいいんだ。

改《あらた》めて、ダンスってほんとむずかしい。

「〝うれしい〟は黄色《きいろ》の星形《ほしがた》ドロップ♪」

なんて歌《うた》いながら、波音《なみおと》をBGM《ビージーエム》に浜辺《はまべ》で踊《おど》った。

スタジオよりも、浜辺《はまべ》の方《ほう》が楽《たの》しくて夢中《むちゅう》で苦手《にがて》なところを練習《れんしゅう》していると、突然《とつぜん》、拍《はく》手《しゅ》が聞《き》こえたんだ。

「四季《しき》くん⁉」

「ごめん、通《とお》りかかったら結亜《ゆあ》ちゃんの姿《すがた》が見《み》えて……」

「いつから見《み》てたの⁉」

「歌《うた》いだしたときかな？」

「いやああああっ⁉」

よりにもよって、一番苦手《いちばんにがて》なところを見《み》られてたなんて……！

しかも、憧《あこが》れの四季《しき》くんに……は、恥《は》ずかしすぎる。

「結亜《ゆあ》ちゃんはすごいね。見《み》るたびによくなってる」

「ほんと⁉」

「うん、ほんとだよ」

四季《しき》くんは、嘘《うそ》を言《い》わない。

だから、恥《は》ずかしさよりうれしさが勝《か》って笑顔《えがお》になってしまう。

「桜《さくら》、そろそろ満開《まんかい》になりそうだね」

「うん、楽《たの》しみだね」

七分咲《しちぶざ》きの桜《さくら》は、今《いま》の段階《だんかい》でも美《うつく》しいけれど、満開《まんかい》になったら、もっともっときれいになる。

私《わたし》の誕生日《たんじょうび》は桜《さくら》が満開《まんかい》になるから、まるで祝《いわ》ってくれるみたいでうれしいんだ。

「私《わたし》の一番《いちばん》好《す》きな花《はな》なんだ」

「ぼくもだよ」

「桜《さくら》が一番《いちばん》好《す》きなの？　四季《しき》くんは名前《なまえ》が全部《ぜんぶ》の季節《きせつ》だから、どんな花《はな》でも似合《にあ》いそう」

「花《はな》なら、なんでも好《す》きだけれど、その中《なか》でも、桜《さくら》が一番《いちばん》好《す》きだよ」

そんなわけないのに、なんだが自分《じぶん》を好《す》きと言《い》ってくれてるみたいで、顔《かお》が赤《あか》くなってしまった。

五《いつ》つ子《ご》には誕生日《たんじょうび》のことは話《はな》してない。

さびしいけど、私《わたし》には大事《だいじ》なイベントがあるんだ。

誕生日《たんじょうび》よりも、イベントの成功《せいこう》を優先《ゆうせん》させなきゃ！

10 Pop《ポップ》 candy《キャンディ》 pink《ピンク》 moon《ムーン》

目《め》を開《あ》ける。

鏡《かがみ》の前《まえ》には、私《わたし》だけど私《わたし》じゃない自分《じぶん》がいた。

メイクを施《ほどこ》された私《わたし》の瞳《ひとみ》は、いつもよりも輝《かがや》きが増《ま》している。

今日《きょう》はイベント当日《とうじつ》。やれることは、やった。

眠《ねむ》れない夜《よる》は、歌《うた》とダンスの練習《れんしゅう》をした。

一曲《いっきょく》だけなのに、こんなにしんどいなんて思《おも》わなかった。

「結亜《ゆあ》、メイク終《お》わった？」

衣装《いしょう》に身《み》を包《つつ》んだ絢香《あやか》ちゃんが呼《よ》びにきてくれた。

「うん！」

鏡《かがみ》から視線《しせん》を外《はず》し、絢香《あやか》ちゃんの元《もと》へ駆《か》け寄《よ》る。

「結亜《ゆあ》！　頑張《がんば》ろうね！」

「結亜《ゆあ》ちゃん、なにかあったら頼《たよ》ってね！　私《わたし》も頼《たよ》る！」

「頼《たよ》るんかいっ！」

「あはは！」

ゆゆんちゃん、立冬《りと》ちゃんが入《い》り口《ぐち》から顔《かお》を出《だ》した。

春休《はるやす》みの間《あいだ》、練習《れんしゅう》を頑張《がんば》ってきたせいかな？

今《いま》まで以上《いじょう》にみんなのことが、大事《だいじ》で大切《たいせつ》な仲間《なかま》だって思《おも》えるんだ。

「この衣装《いしょう》、かわいいね」

「うん！　衣装合《いしょうあ》わせのとき、かわいいって思《おも》ったから着《き》られて幸《しあわ》せー！」

「緊張《きんちょう》するー！　けど、楽《たの》しみ！」

私《わたし》を含《ふく》め、全員《ぜんいん》が『Mon．STAR《モン・スター》』の今日《きょう》のための衣装《いしょう》を着《き》ていた。

全員《ぜんいん》おそろいの光沢《こうたく》のある白《しろ》い衣装《いしょう》は、体《からだ》のラインが出《で》るミニのワンピースだ。

かなり大《おお》きなリボンが全員《ぜんいん》につけられているんだけど、一人一人《ひとりひとり》位置《いち》がちがうんだ。

絢香《あやか》ちゃんはウエストの右側《みぎがわ》についていて、スタイリッシュだ。

ゆゆんちゃんは左《ひだり》の肩《かた》にリボンがついていて、カッコいい。

立冬《りと》ちゃんは腰《こし》の後《うし》ろで、ドレスみたいでかわいい。

私《わたし》のリボンは胸元《むなもと》についていた。

三人《にん》ともスタイルがいいから、かわいいだけじゃなくて、足《あし》の長《なが》さが際立《きわだ》っていて、同《どう》期《き》だけど見《み》とれてしまう。

私《わたし》とは比《くら》べ物《もの》にならない。

きっと、こういう女《おんな》の子《こ》が四季《しき》くんの彼女《かのじょ》に相応《ふさわ》しいんだろうな。

いけない！　ちゃんとしなきゃ。

「そろそろ、出番《でばん》よ」

絢香《あやか》ちゃんの言葉《ことば》に、みんなでうなずく。

『あみゅれっと』のパフォーマンスが終《お》わったら、次《つぎ》は私《わたし》たちの番《ばん》だ。

手足《てあし》がふるえる。足《あし》がすくむ。観客《かんきゃく》の前《まえ》に立《た》つのが怖《こわ》い。

でも、いかなきゃ。

「結亜《ゆあ》」

「うん……」

絢香《あやか》ちゃんが私《わたし》の手《て》をとってくれる。

「いこう！」

「お客《きゃく》さん、待《ま》ってるよ」

「どーしよう！　怖《こわ》いっ！」

「って、立冬《りと》ちゃんもかい！」

私《わたし》と同《おな》じくらいふるえてる立冬《りと》ちゃんに、みんなで吹《ふ》きだしてしまった。

こういうの、私《わたし》たちらしくて、いいね。

「この中《なか》で一番《いちばん》ベテランでしょー？」

「芸歴《げいれき》は長《なが》いけど、怖《こわ》いものは怖《こわ》いもんっ！」

「あはは！」

なんて笑《わら》いながら、私《わたし》たちは全員《ぜんいん》でステージにあがったんだ。

「次《つぎ》は、スペシャルターイム！　なんとー、『cream《クリーム》 soda《ソーダ》』の新人《しんじん》グループと苺《いちご》がコラボしたの！」

『あみゅれっと』の仲間《なかま》がはけた後《あと》、苺《いちご》ちゃんが司会進行《しかいしんこう》をしてくれていた。

苺《いちご》ちゃんの衣装《いしょう》は『あみゅれっと』に合《あ》わせた赤色《あかいろ》のロリータミニドレスだけど、まっ白《しろ》の私《わたし》たちの衣装《いしょう》の中《なか》にいると、まるでショートケーキのイチゴみたいだ。

「まずは、絢香《あやか》！」

「ふふ、こんにちは」

ばんっと、まっ赤《か》なスポットライトに絢香《あやか》ちゃんが照《て》らされる。

手《て》を振《ふ》って小首《こくび》をかしげる絢香《あやか》ちゃんに、声援《せいえん》がすごい。

「きゃー!?　絢香様《あやかさま》ー!!」

「絢香《あやか》ちゃーーーん！　お美《うつく》しいーーー！」

特《とく》に女《おんな》の子《こ》の声援《せいえん》が多《おお》いのが、さすがカリスマ性《せい》がある絢香《あやか》ちゃんだ。

「ゆゆん！」

ゆゆんちゃんに紫色《むらさきいろ》のスポットライトが当《あ》たる。

「はーい！　ゆゆんこと、悠木由依《ゆうきゆい》でーす☆」

最高《さいこう》の笑顔《えがお》で、ゆゆんちゃんが客席《きゃくせき》にウィンクした。

「ゆゆんー！　いいぞー！」

「ゆゆんちゃん、最高《さいこう》ー!!」

ゆゆんちゃんは、年上《としうえ》からも人気《にんき》みたいで、有名《ゆうめい》インフルエンサーの人気《にんき》はすさまじい。

「立冬《りと》！」

ピンク色《いろ》のスポットライトが立冬《りと》ちゃんを照《て》らした。

「立冬《りと》だよー！　みんなー！　元気《げんき》ぃー？」

さっきまでふるえてたのに、いつもの人気者《にんきもの》の立冬《りと》ちゃんがそこにいた。

改《あらた》めて、立冬《りと》ちゃんはプロだなと思《おも》った。

「立冬《りと》ちゃんだ！　かっわいい!!」

「りとちー！　大好《だいす》きー!!」

立冬《りと》ちゃんは、特《とく》に男《おとこ》の子《こ》の声援《せいえん》が多《おお》くてびっくりしてしまった。

やっぱり、男《おとこ》の子《こ》って立冬《りと》ちゃんみたいな、女《おんな》の子《こ》らしい子《こ》が好《す》きなんだ……。

「結亜《ゆあ》！」

「は、はい！　夏目結亜《なつめゆあ》です！」

名前《なまえ》を呼《よ》ばれて、我《われ》に返《かえ》る。

ばんっと、水色《みずいろ》のスポットライトが私《わたし》を照《て》らした。

「結亜《ゆあ》ちゃーーん！」

「きゃー！　結亜《ゆあ》ー!!」

私《わたし》も声援《せいえん》がもらえて、胸《むね》が高鳴《たかな》る。

うれしい……！

どうしようもないくらい、力《ちから》がみなぎってくる。

「結亜《ゆあ》、いくよ」

「うんっ！」

感激《かんげき》してぼんやりしてる私《わたし》の手《て》を、絢香《あやか》ちゃんがにぎってくれた。

ドキドキして、心臓《しんぞう》が口《くち》から出《で》てしまいそうだ。でも、期待《きたい》で胸《むね》がいっぱいだ。

すうっと、息《いき》を吸《す》いこんで、みんなでいっせいに声《こえ》を合《あ》わせる。

「私《わたし》たち、『cream《クリーム》 soda《ソーダ》』新人同期組《しんじんどうきぐみ》、四人合《よにんあ》わせて『Mon《モン》・STAR《スター》』です！」

きゃー!!　と、悲鳴《ひめい》みたいな声援《せいえん》に包《つつ》まれた。

ペンライトが、私《わたし》たちそれぞれのカラーに変《か》えられていく。

ステージから見《み》る客席《きゃくせき》の明《あ》かりは、まるで水《みず》の中《なか》の星《ほし》みたいだ。

「ではー！　聴《き》いてください！　『Mon《モン》・STAR《スター》 feat《フィーチャリング》・苺《いちご》』で、『pop《ポップ》 candy《キャンディ》 pink《ピンク》 moon《ムーン》』です！　なんと――！　会場限定《かいじょうげんてい》スペシャル曲《きょく》ぅ!!」

元気《げんき》に苺《いちご》ちゃんが曲《きょく》の紹介《しょうかい》をしてくれた。

わああああっ!!　と、大《おお》きな歓声《かんせい》があがる。

やばい、だんだん不安《ふあん》になってきた！

どうしよう、と、となりの絢香《あやか》ちゃんを見《み》ようとしたら、ステージの袖《そで》に四季《しき》くんがいたの。

思《おも》わず、泣《な》きそうになってすがりつくような目《め》をしたら、四季《しき》くんが笑《わら》ったんだ。

(大丈夫《だいじょうぶ》)

って、唇《くちびる》が動《うご》いた気《き》がした。瞬間《しゅんかん》、ふうっと体《からだ》が楽《らく》になった。

曲《きょく》が聞《き》こえる。私《わたし》は、やるんだ！

「感情《かんじょう》をスイーツにしたらさあ♪」

ゆゆんちゃんのソロからはじまった。安定《あんてい》した歌声《うたごえ》は、チームを引《ひ》っぱってくれる。

「〝うれしい〟は黄色《きいろ》の星形《ほしがた》ドロップ♫」

「〝悲《かな》しい〟は涙《なみだ》の形《かたち》♪」

立冬《りと》ちゃんとゆゆんちゃんのハモリ部分《ぶぶん》も完璧《かんぺき》だ。

私《わたし》たちがつけているイヤーモニターは、それぞれのカラーリングで星形《ほしがた》の特別製《とくべつせい》だ。

「〝嫉妬《しっと》〟は紫《むらさき》の葡萄《ぶどう》キャンディ♪」

私《わたし》の、ソロパートだ。

……嫉妬《しっと》は、紫《むらさき》の葡萄《ぶどう》味《あじ》。

ぎゅっと心《こころ》を痛《いた》くしながら、歌《うた》う。体《からだ》から、思《おも》ったより切《せつ》ない歌声《うたごえ》が流《なが》れた。

手《て》を頭上《ずじょう》にかざしながら、鞭《むち》のように体《からだ》をしならせる。

練習《れんしゅう》よりも、体《からだ》がしなやかに動《うご》いた。

「あなたを好《す》きな気持《きも》ちは♪」

絢香《あやか》ちゃんと背中合《せなかあ》わせで、一緒《いっしょ》のパートを歌《うた》う。

「「飲《の》みこめないね♪」」

「溶《と》けないね♫」

「もういやんなるね♪」

「「〝大好《だいす》き〟の味《あじ》は苦《にが》いの！」」

ハモリも成功《せいこう》した！

絢香《あやか》ちゃんと同《おな》じ振《ふ》りを、ロックダンスでゲームの音符《おんぷ》をこぶしでたたくように踊《おど》る。

ここから、チャールストンだ。

だれかが、私《わたし》を見《み》て大《おお》きく口《くち》を開《ひら》いて叫《さけ》んでいる。それがうれしくて、笑顔《えがお》になる。

気《き》がついたら、苦手《にがて》なステップも振《ふ》りもすんなりできていた。

「この気持《きも》ちは有毒《ゆうどく》？　それともサプリ？

わからないまま　ソーダに混《ま》ぜてしゅわしゅわ♫」

苺《いちご》ちゃんが、ラップパートをキュートに歌《うた》いあげた。

はてな？　と小首《こくび》をかしげながら、むずかしいダンスをなんなくこなす。

苦《くる》しそうにしていた苺《いちご》ちゃんは、どこにもいない。

そこにいるのは、アイドルの苺《いちご》ちゃんだ。

「もう嫌《きら》いなのに♫」

「大好《だいす》き！！！」

大好《だいす》きのところで、ゆゆんちゃんが大声《おおごえ》で歌《うた》いながら客席《きゃくせき》にマイクを向《む》けたから、笑《わら》ってしまう。

客席《きゃくせき》のみんなも笑顔《えがお》だった。

どうしよう、歌《うた》って踊《おど》るの、あんなに練習《れんしゅう》できつかったのに。

今《いま》は、すっごく楽《たの》しい！

「君《きみ》への気持《きも》ちのキャンディ♫」

大好《だいす》きの想《おも》いをこめて、歌《うた》い踊《おど》る。

会場《かいじょう》のみんなにとどけと、指《ゆび》を差《さ》した。

「歪《いびつ》でかわいくてキュートなの！♪」

絢香《あやか》ちゃんがウィンクをしながら、私《わたし》にアドリブで抱《だ》きついた。

そんな余裕《よゆう》なかったはずなのに、私《わたし》も勝手《かって》に抱《だ》きつきかえして、腕《うで》をとって二人《ふたり》で踊《おど》る。

「ラメ入《い》りのピンクのいちご味《あじ》が♫」

「「「一番好《いちばんす》きだったのにさあ」」」

苺《いちご》ちゃんのソロパートの次《つぎ》は、ラストだ。

「結亜《ゆあ》ちゃーん！　頑張《がんば》れー！」

だれかが、私《わたし》の名前《なまえ》を呼《よ》ぶ声《こえ》が届《とど》く。

こんなに応援《おうえん》してくれる人《ひと》がいるんだ。なら、こたえなきゃ！

四季《しき》くんから教《おそ》わったんだ。練習《れんしゅう》してきたこともそうだけど、これが私《わたし》だってことをせいいっぱいやればいいんだよね？

ボロボロで、下手《へた》くそだけど、これが、私《わたし》のせいいっぱいだ！

絶対《ぜったい》に、まちがえない！

最後《さいご》まで食《く》らいついて、なんとか終《お》わりのポージングをする。

いまさら、なんで後列《こうれつ》に回《まわ》されたか、やっとわかった。

後《うし》ろだと、踊《おど》りやすいんだ。

全体《ぜんたい》を見渡《みわた》せるし、振《ふ》りを忘《わす》れたとしても、前《まえ》にいるメンバーのダンスを見《み》て思《おも》いだすことができる。

苺《いちご》ちゃんは、意地悪《いじわる》で私《わたし》を後《うし》ろにしたんじゃないんだ。

やりやすくするために、私《わたし》を後列《こうれつ》にしてくれたんだ。

センターで踊《おど》る苺《いちご》ちゃんの、小《ちい》さいけれど、頼《たの》もしい後《うし》ろ姿《すがた》に、泣《な》きそうになってしまった。

「結亜《ゆあ》ちゃん、手《て》!」

立冬《りと》ちゃんが私《わたし》の手《て》をとった。

「二人《ふたり》でハート作《つく》ろ!」

「うんっ!」

苺《いちご》ちゃんの頭上《ずじょう》で、片手《かたて》ずつ半分《はんぶん》こハートを作《つく》る。

「ん?」

なにがなんだかわかってない苺《いちご》ちゃんに、立冬《りと》ちゃんと笑《わら》いあった。

ありがとうと感謝《かんしゃ》をこめてのハートだよね?

やっぱり、立冬《りと》ちゃんはすごいな……。

嫉妬《しっと》してごめんなさい、と、心《こころ》の中《なか》でこっそり謝《あやま》ったんだ。

11　星《ほし》の彼方《かなた》

「ありがとうございました！」

「苺《いちご》ちゃんと『Mon・STAR《モンスター》』でしたー！」

「これから、応援《おうえん》よろしくお願《ねが》いします！」

「苺《いちご》ちゃん、ありがとう！」

「ふふー！　苺《いちご》も楽《たの》しかったよ！」

メンバー全員《ぜんいん》で、ステージで観客《かんきゃく》と苺《いちご》ちゃんにお礼《れい》を言《い》う。

たくさんの声援《せいえん》を受《う》けながら、ステージを後《あと》にした。

次《つぎ》のパフォーマンスは『cream soda《クリームソーダ》』の先輩《せんぱい》たちと『Mon・STAR《モンスター》』のファッションショーだ。

「早《はや》く着替《きが》えなきゃ！」

「時間《じかん》ないよ〜！」

みんなで慌《あわ》てて次《つぎ》の衣装《いしょう》へと着替《きが》える。

メンバーカラーの衣装《いしょう》は、お腹《なか》がチラ見《み》えするクロップドトップスとチュールスカートのかわいいセットアップだ。

フラフラになりながら、ステージへと急《いそ》ぐ。

みんなもう先《さき》にいってるから、私《わたし》が一番《いちばん》遅《おそ》い。

「あわわ、まっずい！」

そのときだった。へとへとだったせいか、迫《せ》りあがったステージの上《うえ》から足《あし》を滑《すべ》らせたの。

「きゃあ⁉」

「結亜《ゆあ》⁉」

同期《どうき》のみんなが駆《か》け寄《よ》ってきたけど、私《わたし》は落《お》ちてしまった。

（しまった！）

最後《さいご》の最後《さいご》で、ドジったなあ。

あんまり、痛《いた》くなければいいな。

あきらめて目《め》をつむる。

けど、待《ま》っていた衝撃《しょうげき》や痛《いた》みがなかなかこないんだ。

「……あれ、痛《いた》くない」

受《う》け身《み》がとれたのかな？

それにしても、ここまで痛《いた》くないなんて、もしかして、痛《いた》すぎて感覚《かんかく》がないとか？

そろりと目《め》を開《あ》けると、私《わたし》の至近距離《しきんきょり》に四季《しき》くんがいたんだ。

「結亜《ゆあ》ちゃん、大丈夫《だいじょうぶ》!?」

心配《しんぱい》そうな顔《かお》でのぞきこんでくる四季《しき》くんに、泣《な》きそうになってしまった。

私《わたし》のことをずっと見《み》てくれていた四季《しき》くんが、お姫様抱《ひめさまだ》っこでキャッチしてくれたんだ。

「四季《しき》くん……」

「いいから、笑顔笑顔《えがおえがお》」

そうだ。

ここは、ステージなんだ。

私《わたし》が落《お》ちたのも、前《まえ》の方《ほう》の観客《かんきゃく》に見《み》られてしまっている。

だから、四季《しき》くんの言《い》うとおり、にこっと笑顔《えがお》で、王子様《おうじさま》とお姫様《ひめさま》のように抱《だ》きついてみせた。

「きゃ――!!」

という悲鳴《ひめい》が、客席《きゃくせき》から聞《き》こえた。

四季《しき》くんは、私《わたし》にとって本物《ほんもの》の王子様《おうじさま》だ。

だから、心《こころ》の中《なか》はめちゃくちゃで、心臓《しんぞう》はバクバクだ。

「四季《しき》くーん！　結亜《ゆあ》ちゃー――ん！」

「かわいいー!!」

観客《かんきゃく》は演出《えんしゅつ》と思《おも》ってくれたみたいで、ペンライトをたくさん振《ふ》られてしまった。

私《わたし》たちのファッションショーの次《つぎ》は、【橘兄弟《たちばなきょうだい》】と『Ｆｌｏｗｅｒｓ《フラワーズ》』の番《ばん》だ。

『Ｆｌｏｗｅｒｓ《フラワーズ》』は、リーダーの真白《ましろ》くんを中心《ちゅうしん》に、メンバーが俳優《はいゆう》としても活躍《かつやく》している大人気《だいにんき》男性《だんせい》アイドルユニットなんだ。

「新《しん》メンバーを発表《はっぴょう》します！」

『Ｆｌｏｗｅｒｓ《フラワーズ》』のメンバー全員《ぜんいん》、ピンク色《いろ》のスーツを着《き》ている。

男子《だんし》でピンクが似合《にあ》うって、華《はな》があって最強《さいきょう》だと思《おも》う。

その中央《ちゅうおう》から出《で》てきたのは、私《わたし》が知《し》ってる人《ひと》だった。

「広瀬優流《ひろせゆうる》です。よろしくお願《ねが》いします」

サラサラの銀髪《ぎんぱつ》に整《ととの》った美貌《びぼう》。

二葉《ふたば》くんの親友《しんゆう》の優流《ゆうる》くんが、『Ｆｌｏｗｅｒｓ《フラワーズ》』の新《しん》メンバーとして紹介《しょうかい》されたんだ。

「ええ、優流《ゆうる》くん⁉」

私《わたし》の出番《でばん》が終《お》わって、ステージからはけててよかった。

あの場《ば》にいたら、叫《さけ》んでたにちがいない。

出版社《しゅっぱんしゃ》のビルで見《み》かけたとき、モデルになるのかな？　とは思《おも》ったけど、まさか『Ｆｌｏｗｅｒｓ《フラワーズ》』のメンバーになるなんてビックリだよ。

優流《ゆうる》くんを新《しん》メンバーに迎《むか》えた『Ｆｌｏｗｅｒｓ《フラワーズ》』が、パフォーマンスを披露《ひろう》して、さらに会場《かいじょう》は盛《も》りあがり、イベントは大盛況《だいせいきょう》で終《お》わったんだ。

12 結亜《ゆあ》のハッピーバースデー

「結亜《ゆあ》、帰《かえ》るなら水木《みずき》さんの車《くるま》に乗《の》ってくか？」

一星《いっせい》くんが、ステージが終《お》わってまっ白《しろ》になっている私《わたし》に声《こえ》をかけてくれた。

水木《みずき》さんは、【橘兄弟《たちばなきょうだい》】のマネージャーで、私《わたし》がモデルになる前《まえ》から、お世話《せわ》になっている人《ひと》だ。

「いいの？」

「つかれてるでしょ？　水木《みずき》さんもぜひって」

「どうしたの？　みんなで帰《かえ》ろうよ」

「うん！」

クタクタにつかれていたから、みんなの好意《こうい》に甘《あま》えることにしたんだ。

車《くるま》で送《おく》ってもらって、ヘトヘトで帰宅《きたく》する。

今日《きょう》は私《わたし》の誕生日《たんじょうび》だった。やっぱり本当《ほんとう》はさびしいな。

「……お風呂《ふろ》にでも入《はい》ろうかな」

歩《ある》くのもやっとの状態《じょうたい》で、リビングの扉《とびら》を開《あ》けた瞬間《しゅんかん》だった。

パーン！　とクラッカーの音《おと》とともに、まっ暗《くら》だったリビングの電気《でんき》がついた。

「結亜《ゆあ》ちゃん、ハッピーバースデー！」

目《め》の前《まえ》には、ニコニコしているママと、五《いつ》つ子《ご》たちがいたんだ。

「え？　え？」

動揺《どうよう》していると、四季《しき》くんがバースデーケーキを持《も》ってきたんだ。

「おばさんから教《おし》えてもらったんだ。今日《きょう》、結亜《ゆあ》ちゃんの誕生日《たんじょうび》なんだって？」

「結亜《ゆあ》、おめでとう」

「ママ……」

笑顔《えがお》のママを見《み》ていたら、つんと鼻《はな》が痛《いた》くなった。

それは涙《なみだ》が出《で》る前兆《ぜんちょう》で、目《め》に水分《すいぶん》がたまっていく。

ママには、イベントがあるから誕生日《たんじょうび》はなにもしなくても大丈夫《だいじょうぶ》って言《い》ってあった。

でも、さびしい気持《きも》ちは見抜《みぬ》かれていたみたい。

こらえきれなくなった涙《なみだ》が、たくさんあふれだした。

やっぱり、誕生日《たんじょうび》は祝《いわ》ってもらいたかったよ……。

「結亜《ゆあ》ちゃん、頑張《がんば》ったね」

ママ、ママ、つらかったよ。もうやめちゃいたいってたくさん思《おも》ったよ。

本当《ほんとう》はママにすがりついて泣《な》きたかったけど、がまんする。

だって、私《わたし》は誕生日《たんじょうび》を迎《むか》えて、一《ひと》つお姉《ねえ》さんになったんだから。

「う、くす、くすん……」

「あー！　ほら、泣《な》くな」

三月《みつき》くんが、ハンカチを渡《わた》してくれた。

いつも冷《つめ》たいのに、こういうとき、優《やさ》しいのずるい。

「十四歳《さい》って、大人《おとな》じゃん！」

「オレたちより、お姉《ねえ》さんになるんだなあ」

「って、ボクたちの誕生日《たんじょうび》は一《いっ》か月後《げつご》だからね」

「すぐに僕《ぼく》たちも追《お》いつくからな！」

二段重《だんがさ》ねのバースデーケーキはとても大《おお》きくて、チョコレートでできたピンクと水色《みずいろ》のリボンがたくさんついていた。

それに、おいしそうな食事《しょくじ》が、テーブルに並《なら》べられている。

私《わたし》の大好《だいす》きなクリームシチューやハンバーグだ。

「ケーキは、ぼくが作《つく》ったんだよ。結亜《ゆあ》ちゃんがつけてるリボンをイメージしたんだ」

よく見《み》たら、私《わたし》のコレクションしているリボンの柄《がら》のチョコがある。

特《とく》に、水玉《みずたま》のリボンは、私《わたし》のお気《き》に入《い》りのものだ。

四季《しき》くん、すごい。私《わたし》のためのケーキって感《かん》じがして、すごくうれしい！

「まあ僕《ぼく》は、結亜《ゆあ》の誕生日《たんじょうび》は知《し》ってたけどな」

「オレも知《し》ってたよ！」

「ボクも知《し》ってた！」

「…………」

「あはは、ぼくたち、みんな知《し》ってたよ」

その言葉《ことば》に、もうなんて言《い》っていいかわからなくて、さらに泣《な》いてしまった。

「うわー!? 泣《な》くな、結亜《ゆあ》!」

「泣《な》かないで? いやだった? つかれてるものね」

「ちがうの……うれしくて……ふえええええん!」

四季《しき》くんが、まるでお兄《にい》ちゃんみたいに背中《せなか》を優《やさ》しくぽんぽんしてくれた。

「ひっく、ありがとう……うれしいよぉ……ええん……」

泣《な》いても泣《な》いても涙《なみだ》は止《と》まらなくて、心《こころ》がうれしいでいっぱいになる。

それは、この一年間《ねんかん》でつらいことも幸《しあわ》せなことも、たくさん経験《けいけん》したからだ。

だから、うれしいを受《う》けとめる心《こころ》の場所《ばしょ》が、前《まえ》よりもっと広《ひろ》くなった気《き》がする。

悲《かな》しいの心《こころ》の場所《ばしょ》も、うれしいでうめつくされたから、きっと泣《な》いてしまうんだ。

うれしくて泣《な》きやみたいのに全然《ぜんぜん》涙《なみだ》が止《と》まらない。

そんな私《わたし》を、みんなが笑《わら》ってくれたんだ。

「ごめ、うれしいのに、ひっく、涙《なみだ》とまんないよぉ」

「いいんだよ、頑張《がんば》ったもんね」

「ボクたち、客席《きゃくせき》にいたんだよ」

「僕《ぼく》も、仕事《しごと》が終《お》わって駆《か》けつけた」

「……俺《おれ》も。すげえ、よかった」

みんな、いてくれたんだね。

もしかしたら、名前《なまえ》を呼《よ》んでくれた中《なか》にいたのかもしれない。

緊張《きんちょう》してたから、わからなかったよ。


「んじゃ、飯食《めしく》ったらいくか」

「へ？」

五《いつ》つ子《ご》たちに、突然外出《とつぜんがいしゅつ》させられてしまった。

「え？　え？　どこいくの？」

「ついてからのお楽《たの》しみ〜♪」

「結亜《ゆあ》、まわり見《み》るなよ」

「無茶《むちゃ》言《い》うー！」

「目《め》を閉《と》じてほしいくらいだ」

「なにを言《い》ってるの⁉　転《ころ》ぶよ！」

ワイワイ言《い》いながらつれてこられたのは、なんとカラオケだった。

「え……？」

そこは、前《まえ》に私《わたし》が五《いつ》つ子《ご》の誕生日《たんじょうび》を祝《いわ》うため、カラオケパーティーをしたところだった。

「あら、待《ま》ちくたびれたわよ」

「よう、俺《おれ》の嫁《よめ》」

店員《てんいん》さんに通《とお》されたカラオケルームには、なんと絢香《あやか》ちゃんと、お兄《にい》ちゃんの頼先輩《よりせんぱい》がいたんだ。

「え⁉　なんで二人《ふたり》が……」

「なんでって、誕生日《たんじょうび》でしょ？」

「嫁《よめ》の誕生日《たんじょうび》を祝《いわ》いにきたが？」

「お前《まえ》の嫁《よめ》ではない！」

頼先輩《よりせんぱい》に怒《おこ》りだす二葉《ふたば》くんを、みんなでなだめる。

絢香《あやか》ちゃんはフリルがあしらわれた上品《じょうひん》なワンピースを着《き》ていて、頼先輩《よりせんぱい》はライダースを着《き》ていてかっこよかった。

「ふふ、せっかくだからボクが呼《よ》んだの」

「うん、祝《いわ》ってくれる人《ひと》が多《おお》い方《ほう》がうれしいもんね」

五河《いつか》くんと四季《しき》くんが、いたずらが成功《せいこう》した子供《こども》みたいに笑《わら》った。

「結亜《ゆあ》、私《わたし》からのプレゼントよ！」

「俺《おれ》からも、受《う》けとってくれ」

芹沢兄妹《せりざわきょうだい》から、高《たか》そうなプレゼントをもらってしまった。

二人《ふたり》にうながされるまま開《あ》けてみると、加恋《かれん》ちゃんや苺《いちご》ちゃんが着《き》てる、憧《あこが》れのブランドのお洋服《ようふく》とアクセサリーだった。

フリルとリボンがふんだんについているお洋服《ようふく》は、うちは貧乏《びんぼう》で買《か》うことなんかできないとあきらめてたものだった。

「服《ふく》は私《わたし》、アクセサリーはお兄《にい》ちゃんが選《えら》んだのよ」

「今《いま》はネックレスだけど、今度《こんど》は指輪《ゆびわ》を贈《おく》るなー」

「やめろ！　指輪《ゆびわ》を贈《おく》るのは僕《ぼく》だ！」

なんて、頼先輩《よりせんぱい》と二葉《ふたば》くんが言《い》い合《あ》いをしているのが、ほほえましく思《おも》える。

絢香《あやか》ちゃんと頼先輩《よりせんぱい》に着替《きが》えてくるように言《い》われ、戻《もど》ってきたら五《いつ》つ子《ご》が紙《かみ》で作《つく》ったティアラをつけてくれた。

「結亜《ゆあ》ちゃん、お姫様《ひめさま》みたい！」

「さて、姫《ひめ》のために歌《うた》いますか！」

さっと、一星《いっせい》くんがマイクをとりだし、三月《みつき》くんがカラオケの機器《きき》にスマホをつないでいる。

「結亜《ゆあ》ちゃんのステージに比《くら》べたら、かなわないけど」

「オレたちだってお祝《いわ》いしたい！」

「なんと三月《みつき》が曲《きょく》を作《つく》ったんだ」

「歌《うた》うのは全員《ぜんいん》でだけどね」

一星《いっせい》くんを真《ま》ん中《なか》にして、カラオケのステージに五《いつ》つ子《ご》が立《た》つ。

中央《ちゅうおう》にスタンドマイクがあって、本格的《ほんかくてき》だ。

「きゃー！　かわいいわ！」

絢香《あやか》ちゃんはもともと五《いつ》つ子《ご》の大《だい》ファンだから、感激《かんげき》して拍手《はくしゅ》をしている。

「へへ、照《て》れるけど、結亜《ゆあ》ちゃんに作《つく》ったハッピーバースデーの曲《きょく》を歌《うた》うね」

「笑《わら》うなよ」

はにかむ四季《しき》くんと、こちらをにらむ三月《みつき》くんが対照的《たいしょうてき》で笑《わら》うなって言《い》われたけど笑《わら》ってしまう。

「これが、ぼくたちからのプレゼントだよ」

「お前《まえ》のためだけの歌《うた》だ」

「きゃー!!」

「なんで絢香《あやか》が喜《よろこ》ぶんだよ！」

思《おも》わず叫《さけ》んだ絢香《あやか》ちゃんに、三月《みつき》くんがあきれたような顔《かお》をした。

私《わたし》は、ただただびっくりしたのとうれしいのとで、泣《な》きそうだ。

「「「「ハッピーハッピーバースデー♫」」」」

「生《う》まれてきてくれたことが」

「君《きみ》の存在《そんざい》が」

「僕《ぼく》たちの宝物《たからもの》っ♫」

五《いつ》つ子《ご》たちの歌声《うたごえ》は、透明感《とうめいかん》があって澄《す》んでいて、幸《しあわ》せを音楽《おんがく》にしたみたいだった。

私《わたし》のことを祝《いわ》う気持《きも》ちが歌詞《かし》と曲《きょく》にこめられていて、うれしくて泣《な》きそうだ。

こんなにうれしい誕生日《たんじょうび》プレゼント、もらってもいいのかな……。

「五《いつ》つ子《ご》、すごいわね！　アイドルでデビューしたら、ものすごく人気《にんき》が出《で》そうだわ」

「ね！」

絢香《あやか》ちゃんと二人《ふたり》で手《て》をとりあって、五《いつ》つ子《ご》のパフォーマンスを見守《みまも》る。

そして、曲《きょく》が終《お》わると、みんな私《わたし》を囲《かこ》んで祝福《しゅくふく》してくれた。

「結亜《ゆあ》、おめでとう」

「生《う》まれてきてくれて、ありがとう」

HAPPY
BIRTHDAY

「出会《であ》えて、感謝《かんしゃ》！」

「あ、ありがと……うれしいよお」

感激《かんげき》して泣《な》きだした私《わたし》の頭《あたま》を、五《いつ》つ子《ご》たちがぽんとなでてくれた。

大好《だいす》きなみんなから祝《いわ》ってもらえて、十四歳《さい》のバースデーは、とても幸《しあわ》せだった。

さびしく終《お》わる誕生日《たんじょうび》だったはずなのに、今《いま》までで一番《いちばん》ハッピーな誕生日《たんじょうび》になったんだ。

13 憧《あこが》れの人《ひと》

「結亜《ゆあ》ちゃん、ちょっといいかな」

誕生日《たんじょうび》のお祝《いわ》いの後《あと》、四季《しき》くんが玄関《げんかん》に残《のこ》っていた。

「実《じつ》は、プレゼント、もう一《ひと》つあるんだ」

「え？」

暗《くら》がりのせいか、四季《しき》くんの美《うつく》しい顔《かお》が大人《おとな》っぽく見《み》えてドキッとする。

「ごめんね、でも、どうしても……」

そう言《い》って、四季《しき》くんは私《わたし》の手《て》をにぎってくれた。

「こっち」

「え!?」

憧《あこが》れの人《ひと》と手《て》をつないで、春《はる》の夜《よる》の中《なか》を歩《ある》く。

ドキドキしすぎて、夢《ゆめ》の中《なか》みたいだ。

「あ……！」

そこは、桜《さくら》の海《うみ》だった。

満開《まんかい》の桜《さくら》が舞《ま》い散《ち》り、海《うみ》の上《うえ》に花《はな》びらが落《お》ちていた。

「これが、ぼくからのプレゼント」

暗闇《くらやみ》の中《なか》に舞《ま》う桜《さくら》の花《はな》びらは、一《ひと》つ一《ひと》つ電気《でんき》がついてるみたいに光《ひか》って見《み》えた。

「お花見《はなみ》しようよ。桜《さくら》が満開《まんかい》になるって、結亜《ゆあ》ちゃんが教《おし》えてくれたんだよね」

ここ最近忙《さいきんいそが》しすぎて、お花見《はなみ》のことを忘《わす》れていた。

舞《ま》いちる花《はな》びらが海《うみ》の上《うえ》に落《お》ちて、集《あつ》まって波《なみ》の形《かたち》になっている。

海辺《うみべ》に咲《さ》く桜《さくら》だからこそ、見《み》ることができる特別《とくべつ》な光景《こうけい》だ。

お花見《はなみ》で有名《ゆうめい》なところじゃないけど、私《わたし》にとって一番桜《いちばんさくら》が美《うつく》しいと思《おも》える場所《ばしょ》だ。

今夜《こんや》は三日月《みかづき》で、桜《さくら》と月《つき》と海《うみ》が合《あ》わさって、よりいっそうきれいに見《み》えた。

「誕生日《たんじょうび》に、こんなにきれいな花《はな》が咲《さ》くってすてきだね」

「うん……私《わたし》が生《う》まれた日《ひ》、桜《さくら》が咲《さ》いていたって、パパが……」

まだパパがいたときは、肩車《かたぐるま》してくれたりして、この海《うみ》の桜並木《さくらなみき》を歩《ある》いたんだ。

結亜《ゆあ》の誕生日《たんじょうび》は、世界《せかい》がお祝《いわ》いしてるみたいだねって。

生《う》まれてきてくれて、ありがとうって。

『結亜《ゆあ》は、パパとママの宝物《たからもの》だ』

パパの言葉《ことば》を思《おも》いだしたら、また泣《な》いてしまう。

「もー、泣《な》きたくないのにまた泣《な》いちゃう！」

「ふふ、泣《な》いていいよ」

四季《しき》くんと笑《わら》いながら、桜並木《さくらなみき》を歩《ある》きだす。

「明日《あした》は強《つよ》い風《かぜ》が吹《ふ》くってニュースで見《み》たから、絶対今夜《ぜったいこんや》がいいなって思《おも》って。強引《ごういん》でごめんね」

「ううん、ありがとう！　今年《ことし》も満開《まんかい》の桜《さくら》を見《み》られてうれしい！」

しかも、憧《あこが》れの男《おとこ》の子《こ》と歩《ある》いているなんて夢《ゆめ》みたいだ。

「私《わたし》ね、パパがいた頃《ころ》、家族《かぞく》三人《にん》でお花見《はなみ》したんだ」

ポツポツと、四季《しき》くんに思《おも》い出《で》を語《かた》る。

「お弁当《べんとう》作《つく》って、桜《さくら》と海《うみ》を見《み》ながらね、みんなで食《た》べたの」

「ぼくも、満開《まんかい》の桜《さくら》を見《み》ると、家族《かぞく》みんなでお花見《はなみ》したことを思《おも》いだすよ」

懐《なつ》かしい思《おも》い出《で》を二人《ふたり》で語《かた》りあう。

なんだか、四季《しき》くんの目《め》にも涙《なみだ》が浮《う》かんでいる気《き》がした。

「いつか……いつかね」

「うん」

「ぼくにも結亜《ゆあ》ちゃんみたいな、家族《かぞく》がほしいな」

「え？」

それって、どういう……。

頭《あたま》の中《なか》に、四季《しき》くんと私《わたし》が家族《かぞく》になった光景《こうけい》が思《おも》い浮《う》かんだ。

なんて幸《しあわ》せそうなんだろう。

そこには、子供《こども》たちもいて……って、わ────っ!?

いやいやいや、そんなの、ええー！

「……なんでもない。結亜《ゆあ》ちゃん、ハッピーバースデー」

四季《しき》くんがうろたえる私《わたし》にほほえんだ。
ねえ、四季《しき》くん。
その言葉《ことば》、私《わたし》みたいな家族《かぞく》がほしいってこと？
それとも、私《わたし》と家族《かぞく》になりたいってこと？
聞《き》けないまま、四季《しき》くんと夜空《よぞら》と海《うみ》に輝《かがや》く桜《さくら》を見続《みつづ》けたんだ。

結亜《ゆあ》 お宝《たから》
キャラデザ 大公開《だいこうかい》!!

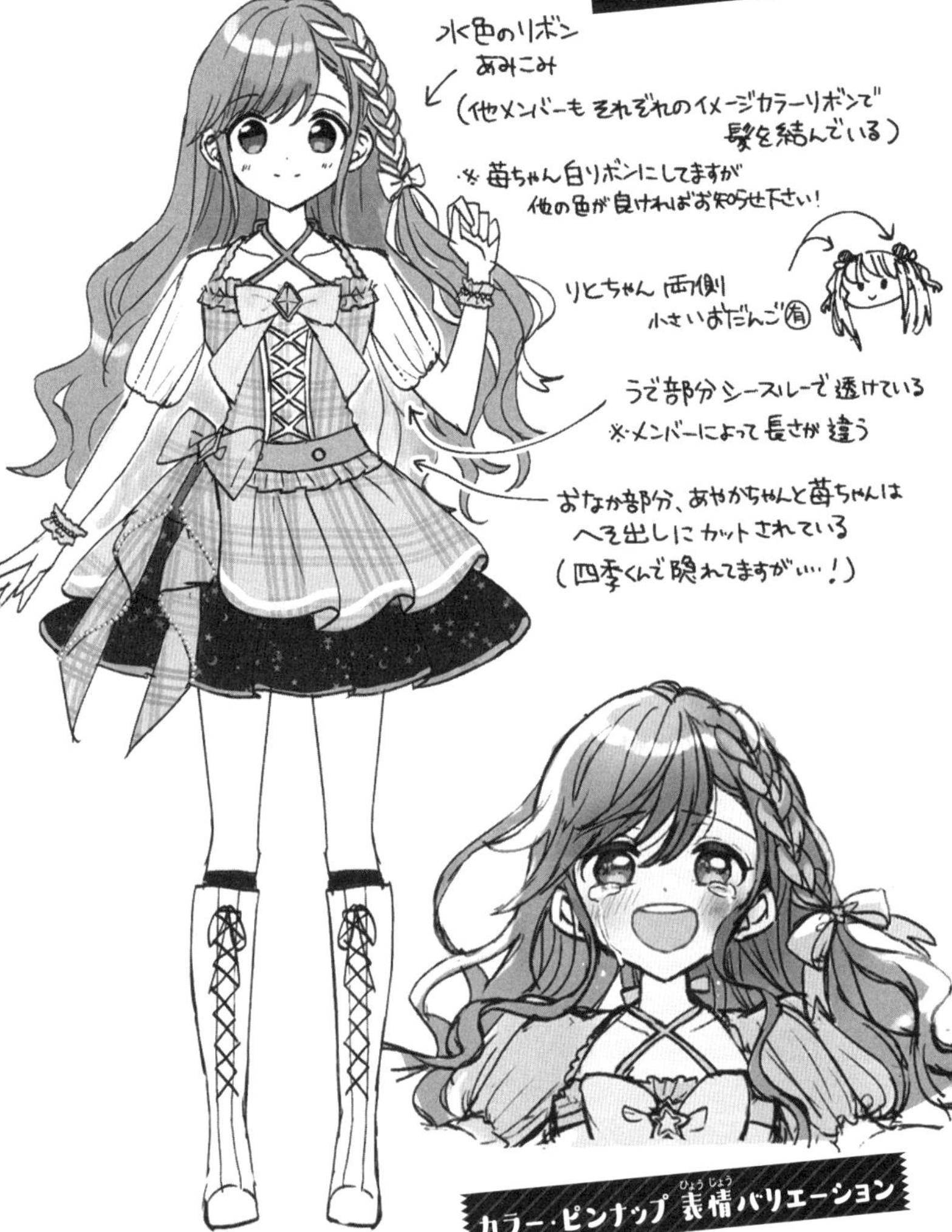

カラー・ピンナップ 表情《ひょうじょう》バリエーション

カラー・ピンナップ 下《した》絵《え》イラスト

あとがき

こんにちは！　初《はじ》めましての方《かた》は初《はじ》めまして！　みゆと申《もう》します。
『海色《うみいろ》ダイアリー』も気《き》がつけば、もう十五巻《かん》!?
びっくりだよ！　読《よ》んでくれたみんなのお陰《かげ》だね。本当《ほんとう》に本当《ほんとう》にありがとう！
みんなは何《なに》してたのかな？　最近《さいきん》は何《なに》にハマってる？
私《わたし》はVtuber《ブイチューバー》やasmr《エーエスエムアール》にハマってるよ！
スライムやスクイーズ作《づく》りや、レジンでアクセサリーを作《つく》るのを見《み》るのも大好《だいす》き！
みんなはなににハマってる？　ふふ！　ぜひ教《おし》えてね！
私《わたし》、みんなが大好《だいす》き！　私《わたし》の読者《どくしゃ》さんが大好《だいす》き！
だから、大好《だいす》きな人《ひと》のことが知《し》りたいの。
ねえ、あなたはなにが好《す》き？　好《す》きなコンビニのお菓子《かし》は？
グミは好《す》き？　好《す》きな飲《の》み物《もの》は？
推《お》しはいる？　ゲームしてる子《こ》はどんなゲームが好《す》き？

私《わたし》もかなりのゲーマーで、対戦型格闘《たいせんがたかくとう》ゲームで優勝《ゆうしょう》したことあるんだよ！

実《じつ》はとあるゲームのアジアトップにいたこともあるんだ。

マジック：ザ・ギャザリングの日本選手権《にほんせんしゅけん》にも出《で》たことがあるよ！　だから、ゲーム好《ず》きな子《こ》、ぜひ教《おし》えて！

みゆさんは元美容部員《もとびようぶいん》だから、コスメも美容《びよう》も大好《だいす》きなの！

だから、メイクが好《す》きな子《こ》や興味《きょうみ》ある子《こ》のお話《はなし》も聞《き》きたいな。

うう、会《あ》ってたくさんおしゃべりしたいなあ。

紅茶淹《こうちゃい》れて、おいしいお菓子《かし》を食《た》べながらあなたと話《はな》してみたいよ。

ああ！　もうお別《わか》れの時間《じかん》だ。悲《かな》しいな。さびしいよ。

また、会《あ》いたいな。絶対会《ぜったいあ》おうね！　話《はな》し足《た》りないもの！

またね！

みゆ

※みゆ先生《せんせい》へのお手紙《てがみ》はこちらにおくってください。
〒101―8050　東京都千代田区一ツ橋《とうきょうとちよだくひとつばし》2―5―10　集英社《しゅうえいしゃ》みらい文庫編集部《ぶんこへんしゅうぶ》　みゆ先生係《せんせいがかり》

ライブのシーンすっっっごく良かった…!!最高すぎた!!
頑張ったね結亜ちゃん…!ライブ曲の歌詞も可愛いし
誰か本当に作ってほしいです!!(ライブシーン、アニメとかで見たい✨)
四季くんの励ましもあって、最高の誕生日になって良かった〜!
四季くんの「ナイショ」の答えも気になる——!!

イラスト担当✿加々見《かがみ》絵里《えり》

集英社みらい文庫

海色《うみいろ》ダイアリー

～五《いつ》つ子《ご》アイドルと、結《ゆ》亜《あ》のはじめてのステージ！～

みゆ　作
加々見絵里《かがみえり》　絵

ファンレターのあて先
〒101-8050　東京都千代田区一ツ橋 2-5-10　集英社みらい文庫編集部
いただいたお便りは編集部から先生におわたしいたします。

2025 年 4 月 23 日　第 1 刷発行

発 行 者　今井孝昭
発 行 所　株式会社 集英社
〒101-8050　東京都千代田区一ツ橋 2-5-10
電話　編集部 03-3230-6246
読者係 03-3230-6080
販売部 03-3230-6393（書店専用）
https://miraibunko.jp
装　丁　+++ 野田由美子　中島由佳理
印　刷　株式会社DNP出版プロダクツ
TOPPANクロレ株式会社
製　本　株式会社DNP出版プロダクツ
★この作品はフィクションです。実在の人物・団体・事件などにはいっさい関係ありません。
ISBN978-4-08-322004-3　C8293　N.D.C.913　186P　18cm

海色《うみいろ》ダイアリー
シリーズ
シリーズ累計《るいけい》57万部《まんぶ》突破《とっぱ》！
ラブ編《へん》、絶好調《ぜっこうちょう》♥
みゆ・作《さく》
加々見絵里《かがみえり》・絵《え》
君《きみ》の存在《そんざい》がぼくたちの宝物《たからもの》……!!
「海色《うみいろ》ダイアリー」の書《か》きおろし小説《しょうせつ》も読《よ》めるよ！
作画《さくが》は人気漫画家《にんきまんがか》の姫川恵梨《ひめかわえり》先生《せんせい》！
マンガ版《ばん》!!
NEWS《ニュース》!!『海色《うみいろ》ダイアリー』がマンガに!!
待望《たいぼう》のコミックス（りぼんマスコットコミックス）、
大好評発売中《だいこうひょうはつばいちゅう》!!
©姫川恵梨／集英社

ふたごの兄《あに》がカオスすぎる!
遠山《とおやま》 彼方《かなた》 作
涼《すずみ》 絵
初《はつ》デートは大《おお》さわぎ!?
シスコン暴走《ぼうそう》ぎみのふたごの兄《あに》・出雲《いずも》柚月《ゆづき》
ちょっぴり内気《うちき》なふたごの妹《いもうと》・出雲《いずも》美月《みづき》
男女《だんじょ》ふたごの入《い》れかわり!? ドタバタ☆ラブコメディ
2025年《ねん》5月《がつ》23日《にち》金《きん》発売《はつばい》予定《よてい》!

「みらい文庫《ぶんこ》」読者《どくしゃ》のみなさんへ

言葉《ことば》を学《まな》ぶ、感性《かんせい》を磨《みが》く、創造力《そうぞうりょく》を育《はぐく》む……、読書《どくしょ》は「人間力《にんげんりょく》」を高《たか》めるために欠《か》かせません。
たった一枚《いちまい》のページをめくる向《む》こう側《がわ》に、未知《みち》の世界《せかい》、ドキドキのみらいが無限《むげん》に広《ひろ》がっている。
これこそが「本《ほん》」だけが持《も》っているパワーです。

学校《がっこう》の朝《あさ》の読書《どくしょ》に、休《やす》み時間《じかん》に、放課後《ほうかご》に……。いつでも、どこでも、すぐに続《つづ》きを読《よ》みたくなるような、魅力《みりょく》に溢《あふ》れる本《ほん》をたくさん揃《そろ》えていきたい。読書《どくしょ》がくれる、心《こころ》がきらきらしたり胸《むね》がきゅんとする瞬間《しゅんかん》を体験《たいけん》してほしい、楽《たの》しんでほしい。みらいの日本《にほん》、そして世界《せかい》を担《にな》うみなさんが、やがて大人《おとな》になった時《とき》、「読書《どくしょ》の魅力《みりょく》を初《はじ》めて知《し》った本《ほん》」「自分《じぶん》のおこづかいで初《はじ》めて買《か》った一冊《いっさつ》」と思《おも》い出《だ》してくれるような作品《さくひん》を一所懸命《いっしょけんめい》、大切《たいせつ》に創《つく》っていきたい。

そんないっぱいの想《おも》いを込《こ》めながら、作家《さっか》の先生方《せんせいがた》と一緒《いっしょ》に、私《わたし》たちは素敵《すてき》な本作《ほんづく》りを続《つづ》けていきます。「みらい文庫《ぶんこ》」は、無限《むげん》の宇宙《うちゅう》に浮《う》かぶ星《ほし》のように、夢《ゆめ》をたたえ輝《かがや》きながら、次々《つぎつぎ》と新《あたら》しく生《う》まれ続《つづ》けます。

本《ほん》を持《も》つ、その手《て》の中《なか》に、ドキドキするみらい――。

本《ほん》の宇宙《うちゅう》から、自分《じぶん》だけの健《すこ》やかな空想力《くうそうりょく》を育《そだ》て、〝みらいの星《ほし》〟をたくさん見《み》つけてください。
そして、大切《たいせつ》なこと、大切《たいせつ》な人《ひと》をきちんと守《まも》る、強《つよ》くて、やさしい大人《おとな》になってくれることを心《こころ》から願《ねが》っています。

2011年《ねん》　春《はる》

集英社《しゅうえいしゃ》みらい文庫編集部《ぶんこへんしゅうぶ》